Prologue

« Il était une fois trois bergers, piégés par le froid et harcelés par les loups, qui devaient traverser une rivière pour sauver leur troupeau. Le courant, hélas, était très fort à cet endroit et il n'y avait ni pont ni gué pour traverser. Le plus jeune des bergers, au lieu de se résigner, guetta le firmament toute la nuit. Il veilla jusqu'à ce qu'une étoile filante, comme une araignée, étire son fil d'argent dans le velours noir du ciel endormi.

– Faites que je puisse marcher sur l'eau ! cria-t-il alors en levant les mains vers le ciel.

Les deux autres, réveillés en sursaut, se moquèrent de lui.

– Qu'as-tu à hurler ainsi comme un idiot ?! Tu veux ameuter encore plus de loups ?

– J'ai fait un vœu, expliqua-t-il.

– Un vœu ? Mais il n'y a que les gosses et les naïfs pour croire à ces bêtises !

Comme pour leur donner raison, au cœur de la nuit suivante, le froid se fit plus cruel encore. Il devint si goulu qu'il engloutit même les bruits.

– Faites que je puisse marcher sur l'eau ! cria de nouveau le jeune berger.

Cette fois les deux autres lui ordonnèrent de se taire, car ils voulaient dormir. Mais au petit matin, dans la première lumière, lorsqu'ils se réveillèrent, quelle ne fut pas leur stupéfaction... Leur compagnon se tenait sur l'autre rive avec le troupeau.

Sur l'eau sauvage qui avait fini par geler, il avait pu traverser à pied. »

1

Les yeux de David brillaient. Le jeune enseignant qui remplaçait le maître avait eu une bonne idée :

– Toi mon garçon, pendant que les autres calculent, tu prends une feuille et tu inscris dessus ce que tu veux.

David avait réfléchi un instant avant de coucher sur le papier blanc :

J'MMMMMe la nature.

Elle est ma seconde famille, mes seconds parents.

Car la forêt est mon re-Père et le ciel, mon fir-Maman.

J'MMMMMe aussi l'à-vie, qui s'écrit ainsi parce que, même si elle change de forme, elle n'est jamais finie.

À treize ans, David était encore en primaire, car il trempait toujours sa plume dans l'encrier de son cœur. Il feintait, coupait, dribblait jusqu'à ce que le maître sorte son stylo rouge et siffle :

– Fautes !

Malgré ses dictées rougies, David ne démordait pas. Jamais il n'écrirait « j'aime » avec un seul et minuscule m. Il avait cherché dans le dictionnaire et décidé que ce verbe méritait au moins les cinq M majuscules des mots Merveilleux, Mirifique, Magique, Mirobolant et Magnifique !

À l'inverse, il réduisait la « haine » à un simple n pour la désarmer un peu en la privant de h et parce que, selon lui, une chose aussi terrifiante ne méritait pas mieux.

L'enseignant hocha la tête en découvrant ce que son élève avait écrit.

– Mon garçon, tu es étonnant. Si tu acceptais, lorsqu'il le faut, de respecter les règles...

David se pressa alors d'ajouter au bas de son texte :

J'en-freins lè règles qui n'èdent personne,
qui m'enfèrment ou qui « mentent ferme ».

En fin de journée, lorsque la classe fut finie, David enfourcha sa vieille bicyclette rouillée à la selle de cuir racornie. Ses parents lui en avaient bien offert une neuve, brillante comme un sou neuf, mais il préférait celle-là, car elle avait appartenu à son grand-père.

... Trois kilomètres d'une route pavée, tendue comme un fil clair du village de Goldwood au bord

de la forêt. Un chemin en pente douce, bordé de fougères durant l'été. Un ancien chalet moitié en bois, moitié en pierre, qui veille au bord d'un lac, solitaire...

David, rentré chez lui, serra très fort sa mère en faisant une tour d'amour avec ses bras.

– Je t'aime, maman.

– Mon ange, souffla Mme Deans entre deux baisers. Ta journée s'est bien passée ?

– Je crois que oui. Le remplaçant du maître a dit que j'étais étonnant. C'est gentil ou c'est méchant ?

– Ça me paraît gentil.

– Quand il a corrigé les calculs des autres, j'ai levé la main pour dire que un plus un ne font pas forcément deux. Tout le monde a ri. Je ne comprends pas pourquoi. Mais j'ai été content parce que, tu sais, j'aime bien amuser les gens.

Mme Deans fit avancer son fauteuil roulant pour caresser d'une main les cheveux de son fils, châtains bouclés comme les siens.

– Tu es un merveilleux petit écureuil qui grimpe aux arbres, murmura-t-elle. Tes camarades sont plutôt des éléphants cloués à terre par tout ce qu'on leur a appris. Alors ils te regardent, surpris par tes cabrioles, et ils rient. Je suis pourtant certaine qu'au fond de leur cœur, ils t'envient.

David affectionnait particulièrement les écureuils. Il sourit, heureux de l'explication de sa mère.

– J'aimerais bien ressortir un peu, dit-il. On mange quand ?

– Tard. Mais ne ferais-tu pas plutôt tes devoirs ? Ton père rentre aujourd'hui. Tu serais tranquille le reste du week-end et il serait heureux de te voir au travail.

– Je sais que papa rentre aujourd'hui puisque nous sommes vendredi. Mais le remplaçant n'a rien donné à faire. Il y a juste...

David passa derrière sa mère, ouvrit son cartable et posa sans bruit un cahier jaune sur la table. Le temps que Mme Deans se retourne...

– David ? Où es-tu ?

David n'entendait plus. Il était déjà dehors à courir vers la forêt. Au loin, quelques vieux arbres écartaient leurs branches pour mieux l'accueillir.

2

David connaissait la forêt mieux que quiconque à Goldwood. Il savait identifier le cri du geai qui donne l'alerte, le tremblement impatient des feuilles à l'approche de la pluie, l'empreinte légère laissée par le jeune daim aux sabots encore ronds et doux. Il avait suivi les abeilles qui butinaient dans les ancolies et découvert leur ruche bourdonnante, logée dans un grand hêtre pourpre fendu par la foudre. Il connaissait la couleur bleu ciel des œufs de merle et l'odeur aillée des petits escargots bruns cachés sous les vieilles souches.

Au cœur de cette mer boisée qui s'étendait à perte de vue autour de chez lui, David possédait un endroit favori. Il s'agissait d'une vaste parcelle, couchée en rond comme un chat, entre deux collines. Dans ce royaume de grands arbres, de bosquets et de troncs creux, traversé par la musique de deux ruisseaux chanteurs, David se sentait comme un roi. Il grimpait aux branches, espionnait les nichées de bouvreuils, bâtissait des cabanes et cuisait sur la braise des écrevisses et de jeunes truites qu'il pêchait à mains nues. Depuis un an et demi, sa grande passion était de jouer au bûcheron.

Tout avait débuté six années auparavant, par une après-midi où dansaient ensemble le vent et la pluie. Otage de ce temps grincheux, David s'était ennuyé jusqu'à ce qu'une idée jaillisse.

– Le grenier !

Il avait couru sous la trappe et tiré l'échelle. Armé de son courage et d'une torche électrique, il s'était introduit dans cet espace mystérieux. C'était l'un de ces vieux greniers emmaillotés de chaume, remplis de meubles aux tiroirs oubliés. Personne n'y était monté depuis des années. Le plancher grinçait sous les pas. Les chevrons du toit pentu s'étiraient comme les larges côtes d'un thorax. Par instants, le souffle régulier du vent qui soufflait au-dehors donnait l'impression que le toit était vivant et respirait.

Dans le halo de sa lampe, David avait vu apparaître des chaises au cannage éventré, une table basse, des piles de vaisselle désordonnées, une garde-robe, un coffre cadenassé, une machine à coudre munie d'un pédalier... Le cercle de lumière s'était soudain arrêté sur un cadre ébréché, posté si droit au-dessus d'un petit chiffonnier qu'il semblait attendre qu'on vienne le regarder.

Intrigué, David s'était approché. D'un souffle, il avait ôté la poussière. De derrière le verre sali, un costaud en sabots avait surgi, barbe au menton, chapeau de feutre noir dans la main droite, lourde cognée dans l'autre.

– Bonjour, monsieur, avait murmuré David.

Et durant un bref instant, dans la lumière mouvante, l'homme en noir et blanc avait semblé sourire.

Vif comme un chat, David était redescendu le cadre sous le bras. Il avait questionné sa mère.

– D'où sors-tu cette photographie ? s'était-elle étonnée.

– Du grenier.

– C'était Édouard, ton grand-père paternel. Il est mort peu de temps après que j'ai épousé ton père. Je l'ai peu connu. Ils étaient fâchés tous les deux.

– Fâchés ?

– Ton grand-père était bûcheron. Il ne voulait pas que ton père fasse des études. Il disait que cela n'était pas indispensable et que la forêt suffisait pour être heureux.

À dater de ce jour-là, David ne s'était plus jamais ennuyé. Si la forêt était son royaume les matins de soleil heureux, le grenier devint son repaire les jours de gris. Sous le toit de chaume, il s'aménagea une cabane assez vaste pour y glisser le chiffonnier, la table basse et le cadre ébréché. Tandis que tombait la pluie, il s'inventait là-haut des histoires où lui et son grand-père se rencontraient, se comprenaient, partageaient tout et ne se chamaillaient jamais. Le reste du temps, David qui adorait les livres, surtout les encyclopédies, lisait.

Deux ou trois années plus tard, dans ce même grenier, alors que le ciel pleuvait à verse, David dégagea un long coffre en bois de dessous un tas de vieux chiffons. En soulevant le couvercle, il avait découvert deux scies, trois haches, plusieurs coins, une masse, une lime pour affûter, une superbe cognée.

C'étaient de forts beaux outils, à l'acier noble et aux manches en houx poli. David admira d'abord le brillant des lames encore huilées. Puis il se risqua à toucher le fer froid du bout des doigts. Il s'enhardit alors et brandit la plus grande des haches comme une épée.

À cet instant précis, une bourrasque avait soudain secoué le toit. Et, comme si ce coup de vent avait ôté la poussière du temps, David avait couru vers la photographie de son aïeul.

– Grand-père ? Ce sont les tiens ?

En guise de réponse, les lèvres d'Édouard Deans avaient de nouveau frémi.

Le lendemain, en cachette de sa mère, David avait emmené les outils dans sa forêt chérie.

Depuis, il goûtait un immense plaisir à couper, tailler, fendre, élaguer. Il aménageait de petites clairières et rouvrait les anciennes allées. Jamais il ne blessait un arbre pour le seul plaisir de frapper. Beaucoup de garçons de son âge, avec de si beaux et si puissants outils entre les mains, auraient perdu la tête et joui de cette force que leur donnait le fer en tapant n'importe où, n'importe comment. David n'en faisait rien. Il calculait comme un poète et écrivait les mots à sa manière, mais il restait toujours maître de lui.

En réalité, David aimait à ce point la forêt qu'il la comprenait, la devinait partout vivante et la respectait. Il savait, lui, que chaque graine, chaque pousse, chaque portion d'écorce portaient en elles le futur et l'*à-venir*.

Au début, ses mains d'enfant avaient souffert. Ses paumes s'étaient couvertes de cloques. Puis sa peau s'était endurcie. Aujourd'hui, il lui suffisait de regarder les cals apparus à la base de ses doigts pour sentir qu'un peu de son grand-père était entré en lui par la magie ferme et polie de ces anciens manches d'outils.

David travaillait à son rythme. Chaque fois que l'envie lui prenait, il cueillait une brindille, s'asseyait jambes croisées, et mordillait l'écorce tannique gorgée de vie en regardant le ciel courir entre les cimes. Il aimait tendre l'oreille vers les trilles des pinsons, surtout à l'automne où les juvéniles s'entraînent sans relâche au côté d'un adulte qu'ils ont choisi comme professeur, car c'est ainsi, même les oiseaux doivent apprendre avant de jouer de la musique. Et lorsque le pic moqueur y ajoutait soudain ses éclats de rire, David riait à son tour, convaincu que la forêt entière était aussi heureuse que lui.

Un soir, alors qu'il abattait à la hache un grand charme à l'écorce noire et fine, des gouttes transparentes s'étaient mises à perler sur l'aubier mis à nu par l'acier brillant et fier. David, bouleversé, avait couru chez lui et s'était jeté dans les bras de sa mère.

– Maman, j'ai blessé un arbre. Il est en train de pleurer !

Mme Deans avait serré très fort son fils contre elle.

– C'est juste de la sève, mon chéri.

– Non ! avait crié David. Ce sont des larmes ! Plus jamais je ne leur ferai du mal !

David s'était couché, tourmenté et secrètement fâché contre les outils de son grand-père. Sa mère lui avait lu son histoire préférée, celle des trois bergers bloqués dans le froid au bord de la rivière. Le garçon avait réfléchi une partie de la nuit. Au petit matin, une idée était venue au jour dans son esprit. Il était retourné auprès du tronc blessé.

– Bel arbre, avait-il murmuré en posant sa main sur le tronc, je te demande pardon.

La sève avait presque aussitôt cessé de couler. David s'était alors remis à l'ouvrage, mais sans jamais oublier de répéter ce geste et plus aucun arbre n'avait pleuré.

3

– Han !

David sourit. Il venait de fendre d'un seul coup de hache une lourde bûche posée sur un billot. Une bûche de bouleau, sans nœud, de ce bois blanc qui s'ouvre en deux, comme un livre, en libérant un parfum de sève humide.

Il bascula la tête en arrière pour mieux laisser la tiédeur d'un rayon de soleil lui caresser les joues.

Parfums de mousses au bord du ruisseau,
Premières jonquilles sur les talus,
Odeur miellée des bruyères en fleur...

Des senteurs nouvelles s'évadaient de la terre, des couleurs aussi.

– Ça y est ! murmura David les yeux fermés de plaisir. Il est arrivé ! Le printemps ! Ma saison préférée !

Il posa sa hache et contempla le travail qu'il avait accompli patiemment pendant l'hiver. À sa gauche, deux nouvelles allées permettaient à la lumière de descendre jusqu'à la terre. À sa droite s'élevait un tas de bois de chauffage, bâché au sommet, à l'ordonnance impeccable, long de dix mètres, large de un et aussi haut que lui. David eut l'impression qu'une voix ancienne lui murmurait à l'oreille :

– Continue mon garçon. Tu verras, un jour ton père sera fier de toi.

Une vie reprise, une vie donnée : Édouard Deans était mort, le jour de la naissance de son petit-fils. Son corps avait rejoint le grand cycle de la Terre, mais son esprit était resté dans cette forêt où il avait besogné toute sa vie. C'est lui qui, à travers le souffle du vent, venait de se faire entendre. Car il savait que David avait un rêve : que son père aperçoive son vaillant ouvrage et lui dise : « Tu es courageux mon fils et je t'aime. »

M. Deans revenait chaque week-end en hydravion de la lointaine capitale où il travaillait. Il amerrissait, hélas, toujours au plus court. Pas une fois il n'avait dépassé le lac. Pas une fois il n'avait survolé la parcelle où David bûcheronnait désormais depuis deux années. Chaque vendredi, au moindre bruit de moteur, David n'en levait pas moins les yeux dans l'espoir d'apercevoir au-dessus de lui le petit Cessna à flotteurs rouge et bleu.

Les autres soirs, David revenait de son royaume à la nuit tombante avec, entre les bras, de quoi offrir à sa mère une généreuse flambée dans la grande cheminée.

– Voilà mon petit homme qui rentre, disait-elle, émue, en apercevant son grand garçon chargé de son bouquet de branchages et de brindilles.

Mme Deans éprouvait un doux plaisir à contempler le feu que son fils avait allumé. Dans ces lueurs dansantes et joyeuses, elle ne voyait pas seulement du bois en train de brûler. Elle sentait qu'un peu de la forêt s'offrait de l'émerveiller. Elle percevait aussi l'amour de ceux qui l'entouraient et elle tendait les mains pour s'y réchauffer.

David en était heureux.

« Maman sent que je l'aime », pensait-il avec raison.

Il s'endormait ensuite au creux de son lit, rempli comme un torrent de la délicieuse joie d'être en vie.

***

Après avoir fendu encore du premier coup cinq autres bûches, David en disposa avec soin les morceaux au sommet de son tas de bois. Un écho de moteur lui fit tendre l'oreille.

– Papa ?

Il se pressa de rejoindre un vieil if, dont les branchages retombants et toujours verts dissimulaient une minuscule cabane. David avait bâti de ses mains cet abri afin de ranger au sec la photo de son grand-père et ses outils.

– C'est peut-être aujourd'hui que papa va s'apercevoir de mon travail..., chuchota-t-il à la photographie.

Porté par l'espoir, il partit en courant vers le haut de la colline. Un grand chêne au tronc ouvert par la foudre un soir d'orage s'y dressait. En quelques bonds, David fut au sommet, le regard tendu vers l'horizon. Un avion rouge et bleu approchait.

Le cœur du garçon, qui battait déjà fort, se mit à cogner de plus belle comme un tambour désireux de se faire entendre.

– Papa ! Papa ! Je suis là !

Il eut beau crier et agiter les bras, M. Deans réduisit comme d'ordinaire son altitude jusqu'à toucher l'eau et ouvrir d'un grand V le plat miroir du lac.

David redescendit de l'arbre à toute vitesse. Son père ne l'avait pas aperçu, mais peut-être qu'en se pressant pour le rejoindre, il lui restait une chance de l'attirer.

Au plus court, au plus raide, sautant par-dessus des troncs couchés, David dévala la pente en imaginant ce qui allait se passer : il allait se jeter dans les bras aimés, et, par la main, mener son père jusqu'à sa colline.

Une pierre sournoise jaillit de sous les feuilles. Le garçon, le pied surpris, roula à terre. Il se releva la cheville tellement endolorie qu'au lieu de se remettre à courir, il dut se contenter de marcher.

Lorsqu'il arriva au chalet, le Cessna était déjà amarré, le ponton désert et son père rentré dans la maison.

4

Sitôt la porte franchie, M. Deans avait aperçu le cahier jaune posé sur la table. Il l'avait ouvert et ses mains s'étaient mises à trembler.

Il se tourna lentement, posa son regard vert sur son fils qui venait de franchir la porte derrière lui, et souffla d'une voix grave :

– David, David...

Ce dernier baissa les yeux. M. Deans continua, le corps entier emporté par un courant sauvage.

– Qu'est-ce que c'est que ces résultats ?

David perçut entre les mots le grondement sourd de la colère. Il esquissa un pas en arrière. Son père l'arrêta en criant :

– Tu cherches à me ridiculiser ? C'est ça ? Deux fois que tu redoubles et au lieu de t'améliorer, tu me ramènes ce... ce torchon !

À défaut de trouver des mots assez durs, M. Deans gifla le document du dos de la main.

– Et le commentaire ? As-tu lu le commentaire ? « Une inscription dans une école spécialisée est à envisager. » Mon fils dans une école spécialisée !!! Je te dis, moi, que tu vas surtout aller dans ta chambre et passer tout ton temps libre à étudier. Tu comprends ce mot ? ÉTUDIER !

Il poursuivit, la voix remplie de pierres et de remous.

– À ton âge, je croupissais dans une cabane misérable. Je suppliais mon père de me laisser aller à l'école plutôt que de m'écorcher les mains à travailler dans la forêt avec lui. Quand on a la chance de pouvoir s'instruire, on en profite au lieu de jouer les fainéants et les idiots !

David n'avait jamais réussi à nager ni dans l'eau ni dans la colère des autres. Une énorme chaîne enserra tout à coup sa poitrine. Il ne parvenait plus à respirer. Mme Deans arriva de la cuisine avec son fauteuil roulant. Il courut se réfugier auprès d'elle, comme un naufragé sur une île.

– Bryan, fit-elle avec calme, je t'en prie. David ne joue ni au fainéant ni à l'idiot. Simplement...

– Simplement quoi ? coupa M. Deans emporté par sa rage. Tu vas encore prendre sa défense ? Je sais : tu vas me dire qu'il est différent, qu'il est sensible, qu'il n'y a pas plus gentil pour te rendre service et qu'il te ramène une brassée de bois chaque soir. C'est bien joli, tout ça, mais il faut te réveiller ! Notre fils est en échec dans toutes les matières et au lieu de l'obliger enfin à travailler pour rattraper ce désastre, tu le laisses courir les bois. Tu crois que c'est lui rendre service que de le laisser rêvasser en regardant les nuages et les oiseaux ?!

Mme Deans inspira avec profondeur. M. Deans comprit que son épouse faisait provision d'air avant de tisser le fil de nouveaux mots. Il s'empressa d'ajouter :

– David serait vraiment un débile, je ne dirais rien... Mais il est parfaitement capable d'écrire et de calculer comme tout le monde. « Simplement », comme tu dis, il refuse ! Il préfère se ficher du monde et se ficher de nous par la même occasion ! C'est pour son bien si je me fâche ainsi !

M. Deans était au bout de lui-même. Il se tut, essoufflé. Son épouse murmura avec la douceur d'une goutte de pluie :

– Pour son bien, Bryan ? Tu es certain ?

Un silence remplit la pièce.

Un silence hésitant sur la couleur qu'il devait prendre.

David Blanc aimant ?
Mère Bleu amoureux ?
Père Noir de colère ?

Il prit finalement la teinte des plus furieux nuages d'orage.

– Et merde ! tonna M. Deans. Vous me fatiguez à la fin. J'arrive ici en espérant un peu de calme pour boucler mes dossiers et à la place, vous ne trouvez rien d'autre à faire que de me compliquer encore l'existence...

D'un geste brusque, il empoigna la valise restée à ses pieds :

– Je repars, Sonia. Lundi, je dois négocier des gros contrats. Une affaire énorme. Ici, je n'arriverai à rien. Je t'appellerai de l'hôtel.

Cinq minutes plus tard, l'hydravion rouge et bleu griffait le lac dans l'autre sens, prenait de l'altitude et disparaissait dans la nuit tombante.

Au lieu des flammes, ce fut au tour des larmes de danser devant les yeux. Réfugié dans sa chambre plongée dans le noir, David chercha de toutes ses forces une idée. Elle se fit attendre, tâtonna à plusieurs reprises avant de germer à travers le terreau sombre de l'obscurité.

– Mais oui, murmura David, c'est cela ! C'est exactement cela !

Et il quitta son lit.

5

Le lendemain matin, Mme Deans poussa un cri. La fenêtre de la chambre de son fils était ouverte, la pièce glacée et désertée, les draps en pagaille. Elle pensa aussitôt au lac et à son fils qui ne savait pas nager.

Le cœur pétri d'angoisse, elle sortit du chalet et, aussi vite que son fauteuil le lui permettait, elle roula jusqu'au ponton. Il avait gelé toute la nuit. Le lac fumait.

– David ? DAVID ?

Sa voix claire se perdit dans les montées de brume. Mme Deans imagina son fils, noyé de chagrin, flottant entre deux eaux.

– Mon Dieu, lâcha-t-elle.

Cela faisait dix ans qu'elle avait perdu l'usage de ses jambes. À cet instant, elle aurait tout donné pour être capable de se mettre debout et de suivre le sentier qui longeait la berge. David était peut-être juste là, passé le premier tournant, encore vivant, juste évanoui, dans l'eau froide.

– Il me faut de l'aide...

Mme Deans repartit vers le chalet à grands tours de roue et se figea au beau milieu de la cour. Sur une chaise en fer forgé, le corps enveloppé d'une couverture trop mince, les yeux clos et la tête penchée, David était là, près du perron.

– David ?!

Il ne répondit pas. Ses lèvres étaient bleuies, son

visage blême et ses cheveux, par endroits, blanchis de givre.

Mme Deans trouva assez de force pour attirer sur ses genoux le corps inanimé de son fils. Elle l'emporta dans la maison, l'étendit sur le divan et commença à le frictionner.

– David ! Mon petit homme ! Reviens à toi, je t'en prie !

David, doucement, ouvrit les yeux...

Cette nuit, il avait quitté sa chambre et à peine couvert, il s'était assis le cœur ferme et décidé. Mains blotties sous le menton, il avait plongé son regard vers les hauteurs du ciel. Malgré le froid qui épaississait la nuit, malgré le poids que la fatigue déposait sur ses paupières, David avait veillé, longtemps, longtemps en pensant à son père.

Peu avant le lever du jour, un trait lumineux avait fendu le grand parapluie noir et étoilé ouvert au-dessus de la Terre. Alors seulement, David, épuisé, s'était autorisé à sombrer dans le sommeil.

– Tu aurais pu mourir de froid, murmura Mme Deans. Qu'est-ce qui t'a pris ?

Le petit homme ne parvint pas à répondre tout de suite tant ses lèvres étaient engourdies. Ses mots se détachèrent l'un après l'autre, comme des gouttes d'eau lors du dégel.

– Je... devais... faire... un... « je voudrais ».

Mme Deans, bouleversée, serra son fils dans ses bras.

– Mon chéri, souffla-t-elle.

Un « je voudrais », c'est ainsi que David, délicat et poli, appelait un vœu.

6

David croyait aux histoires et aux étoiles. Pour lui, elles étaient jumelles, les unes couchées dans les livres, les autres dans l'immense page du ciel. Cela ne faisait plus aucun doute, il suffisait d'attendre : la mère ciel, le « fir-Maman », l'exaucerait bientôt. Son avenir redeviendrait alors lumineux comme le jour.

Porté par la confiance, il se remit à bûcheronner dans sa forêt chérie.

– Un jour, mon père verra, décréta-t-il.

Hachant, sciant, coupant à la force des bras, le vaillant petit homme tailla deux stères[1] durant la seule journée du samedi et presque une corde[2] le dimanche.

Puis il y eut de nouveau les jours d'école, les notes rouges du maître et les moqueries des frères Marvin, ces trois fils de shérif qui se croyaient tout permis.

– Tiens bon ! souffla le grand-père en jouant du vent entre les branches. Dans quinze jours, il y aura les vacances de Pâques.

David s'accrocha à cette échéance et, par amour pour son père, tenta, malgré les rires railleurs, de comprendre les exigences du maître. Il ne parvint toutefois à se couper de son cœur au point d'écrire et de compter comme l'enseignait son instituteur.

M. Deans, très occupé par son travail, ne rentra pas le week-end qui suivait. David travailla dans son

1. Un stère correspond à un mètre cube de bois.
2. Une corde équivaut environ à quatre stères.

royaume avec encore plus de ferveur. Le temps passa, et à la première semaine d'attente s'ajouta la seconde. Enfin le vendredi soir apparut à l'horizon.

– Maman ? Tu peux me dire quand rentre papa ?

Les joues de David avaient la rougeur des braises. Jamais il n'avait pédalé si vite pour revenir de l'école. Sa mère lui prit les mains aussi délicatement qu'elle l'aurait fait pour réchauffer entre ses doigts un oiseau tombé du nid.

– Mon petit homme, murmura-t-elle. Viens près de moi...

David approcha d'un pas. Mme Deans avait apprêté ses mots. Elle les emballa de sa voix la plus douce :

– Cette après-midi, ton père a appelé.

Elle se força à sourire un instant avant de poursuivre :

– Il va bientôt être nommé sous-directeur, tu le sais. Un poste important, avec beaucoup de responsabilités. Il a énormément travaillé pour en arriver là. Il doit se rendre d'urgence à l'étranger. Nous passerons les vacances sans lui...

– Sans lui ? reprit David.

Mme Deans acquiesça d'un hochement de tête, puis laissa ses yeux se perdre dans la grande cheminée qu'aucun feu ne réchauffait.

– Tu sais, ajouta-t-elle, il nous aime. J'en suis certaine.

Les sentiments exprimés ouvrent les portes du cœur. Une autre confidence en profita pour s'échapper :

– Ton père a toujours voulu que nous soyons très fiers de lui.

Mme Deans se tourna vers son fils.

– Tu n'es pas trop triste ?

David fouilla le regard de sa mère, pensa à l'étoile filante à qui il avait confié son vœu et répondit :

– Si, mais j'ai confiance.

Ce soir-là, David, le petit homme, coupa du bois dans son royaume jusqu'à ce que la forêt revête son masque nocturne. Entouré d'une obscurité plafonnée d'étoiles, il s'adressa à la silhouette élancée d'un des plus grands arbres, un hêtre en pleine force de l'âge. Les mains posées à plat sur l'écorce, David confia son sentiment de solitude. En retour, il sentit passer à travers ses paumes une sorte de réponse, d'énergie. Ému aux larmes, il enserra le tronc à pleins bras et comprit que l'esprit de son grand-père et de la forêt veilleraient désormais sur chacun de ses pas.

– Merci, murmura-t-il. Merci.

Il offrit une longue caresse au tronc de l'arbre centenaire, saisit la brassée de bois mort qu'il avait ramassée pour sa mère et, plein d'une force nouvelle, retourna au chalet.

7

Le ciel était au bleu, de ce bleu aimant qui éveille les bourgeons et fait monter la sève. David passa ses premières journées de vacances à regarder les feuilles s'ouvrir, à écouter les oiseaux appeler la lumière et à bûcheronner dans la forêt. Au lieu de rentrer à midi, il emportait un petit repas dans un sac de toile à fermetures métalliques.

David se sentait moins seul depuis qu'il avait parlé au grand hêtre. À travers l'apparent silence de la forêt, il percevait une multitude de présences : celle, tenace, du lierre agrippé aux branches, celle, rieuse, des jonquilles habillées d'or, celle, invisible et réconfortante, des millions d'animalcules qui donnent vie à l'humus et au sol.

Le premier mercredi, autour de midi, David s'affairait depuis une heure au bord du ruisseau à abattre à la cognée un aulne moribond. Le vieil arbre était si ombreux qu'il gênait la croissance de jeunes pieds, plus vigoureux. À chaque coup de fer, volaient à terre des éclats de bois beige qui viraient à l'orange au contact de l'air. David frappait proprement, toujours avec adresse. Malgré la largeur du tronc, le travail avançait. Le petit homme relevait sa hache, lorsqu'un craquement dans son dos lui fit suspendre son geste.

Grincements de branches, claquements d'ailes, cris de rapaces... Depuis le temps qu'il courait les bois, David avait entendu des bruits de toutes sortes sans jamais s'en effrayer. Ce qu'il venait d'ouïr par-dessus le ronronnement du ruisseau était différent. Cela ressemblait à un pas... un pas de quelqu'un qui aurait préféré ne semer autour de lui aucun bruit. David se retourna.

– Qui est là ?

Il ne vit rien, à part les troncs qui soutenaient le ciel à bout de branches et de bras. Il regarda plus bas, en direction de son tas de bois.

– Mon sac, s'exclama-t-il. Je l'avais posé là !

David pensa aussitôt aux mauvaises blagues que lui faisaient les frères Marvin.

– Ah non, songea-t-il tandis que ses joues s'empourpraient de colère. Ici, je suis chez moi. Ils ne toucheront à rien, ni à ma cabane, ni à mes arbres, ni à mes outils !

En deux coups de hache, il transforma une branche en solide gourdin. Il marcha ainsi armé jusqu'au tas de rondins.

– Vous ne me faites pas peur ! Montrez-vous !

Deux yeux apparurent. Des yeux aux iris étincelants de soleil et d'or, bordés de claires prairies, de ciel azur et de forêts épaisses et inconnues. Et, sous cet incroyable paysage, des lèvres de velours noir retroussées sur des gencives incarnates, plantées de crocs aussi pointus et blancs que des cimes des montagnes Rocheuses en hiver.

Ce n'était pas les Marvin qui avaient volé le sac, mais une bête puissante et sauvage, moitié loup par son père, moitié chien par sa mère. Une tache noire et farouche autour de son œil gauche tranchait sur le reste de son pelage à la bourre claire et aux jarres fauves. À son cou pendait encore la chaîne qui l'avait autrefois reliée au monde des humains.

Le sac de David se trouvait au pied de l'animal.

– Rends-moi ça ! dit-il en avançant d'un pas.

N'importe qui d'autre se serait éloigné prudemment, sans détourner le regard, et se serait réfugié en toute hâte au sommet d'un arbre. Mais David ignorait – ou voulait ignorer – que de tels chiens redevenus sauvages avaient la réputation d'être bien plus dangereux que des loups. Même les gardes forestiers et les chasseurs redoutaient ces bêtes qui avaient appris au contact des hommes à ne plus craindre ni les armes ni le feu.

– Rends-moi ça, je te dis, commanda David. C'est mon déjeuner !

Le chien-loup, acculé au tas de bois, reprit le sac à provisions dans sa gueule, baissa les oreilles et courba l'échine.

– Qu'est-ce que tu crois ? interrogea David en continuant d'approcher, que tu me fais peur avec ton bandeau noir de pirate sur l'œil ?

L'animal aux yeux d'or grogna en retroussant les babines.

– La paix ! cria David sans se laisser impressionner.

Et comme il tendait le bras pour récupérer son bien, le chien-loup, brusquement, se tassa sur lui-même.

– Hé là ! s'effraya David, tu ne vas pas...

Le petit homme n'eut pas le temps d'achever sa phrase. La bête bondit sur lui. Elle aurait pu le saisir à la gorge. Elle se contenta, dans un bond prodigieux, de sauter au-dessus de lui.

Passé l'instant de surprise, David se ressaisit et, de justesse, attrapa au vol la sangle du sac que le chien-loup emportait avec lui. La solide lanière de cuir se tendit aussitôt. L'animal, subitement freiné, et David, emporté par l'élan, roulèrent ensemble à terre.

Le chien sauvage se releva le premier.

– Je ne lâcherai pas ! prévint David en se cramponnant des deux mains à la lanière.

À reculons, oreilles baissées, le loup traîna le garçon sur les feuilles mortes comme un traîneau sur la neige. D'un mouvement des genoux, David parvint cependant à se remettre debout. Il serra la sangle à pleine force, tira un coup sec et, sans comprendre, se retrouva gisant à terre, les bras en croix, papillonnant des paupières devant un fol essaim de mouches lumineuses.

Les coutures de la sangle avaient cédé d'un coup. Le petit homme était parti à la renverse et l'arrière de sa tête avait heurté une souche.

À moitié étourdi, le jeune bûcheron regarda le chapardeur s'éloigner à petites foulées, son butin entre les mâchoires et la queue dressée tel un panache en signe de victoire.

– Peuh ! marmonna David, la toile est solide, tu ne pourras même pas l'ouvrir...

Le chien-loup s'arrêta, posa la sacoche à terre et saisit du bout des dents la fermeture d'acier qu'il tourna d'un quart de tour avec une adresse remarquable. Il lui suffit ensuite d'un coup de museau pour écarter le rabat et avaler le contenu en trois bouchées, sans mâcher.

David se releva et, titubant encore, lança au voleur qui s'enfonçait dans les fourrés :

– D'accord, tu es très fort, mais tu aurais pu me demander...

Et après s'être massé le crâne, il se remit à travailler.

8

Certaines rencontres sont comme des galets jetés au cœur d'un torrent. En surface, les remous s'évanouissent aussitôt. En profondeur, le fil de l'eau, troublé par le relief de la pierre posée sur le fond, n'est plus jamais le même.

David se sentit d'abord vexé par le vert culot de cet animal qui l'avait volé. Puis, poursuivant sa besogne, il descendit à reculons l'échelle de ses souvenirs. Il revit le loup plein d'adresse qui ouvrait le sac, sa lutte et sa glissade sur les feuilles, le choc causé par la sangle saisie au vol, le loup prêt à sauter, son approche gourdin à la main... Les coins de ses lèvres s'envolèrent en un sourire.

– Dire que je croyais tomber sur les Marvin !

Et tout en maniant sa cognée, David laissa affluer d'autres images. Certaines lui apparaissaient aussi précises que des photographies.

– Ne trouves-tu pas grand-père, demanda-t-il à voix haute, que les yeux de ce visiteur étaient extraordinaires ?

Le vent siffla un léger « voui ». David ferma les paupières pour se rappeler en détail tous les paysages contenus dans les iris étincelants du loup.

– Un pirate, conclut-il. Ce chien-loup est un pirate qui porte son trésor de pièces d'or au fond des yeux.

Une bourrasque lui fit écho, remplie de tourbillons chantants, signe que le grand-père et la forêt entière approuvaient.

Le fût de l'aulne était bien entamé. David n'eut plus qu'à frapper deux ou trois fois avant que le vieil arbre fatigué se couche à ses pieds. Sans attendre, il entreprit de l'ébrancher.

Le reste de l'après-midi s'écoula avec la lente douceur d'une goutte de miel. David revit partout le regard du chien-loup : dans les miroitements de son fer de hache, dans les clins d'œil lumineux du soleil sur les feuilles luisantes des petits houx, entre les écailles dorées du ruisseau, dans les dernières lueurs du jour.

– Ah, voilà mon petit homme qui rentre !

Comme chaque soir où son père était absent, David prépara pour sa mère une flambée dans l'âtre. D'un geste miroir, ils tendirent les mains vers le feu et sa chaleur aimante.

– Alors, maman, comment s'est passée ta journée ?

– Un peu comme d'habitude, répondit Mme Deans. Certains élèves avaient étudié leur morceau, d'autres non.

La mère de David était professeur de musique. Une quinzaine d'enfants de Goldwood venait prendre des leçons chez elle. Elle fit rouler son fauteuil jusqu'au piano Pleyel endormi au salon.

– Écoute, dit-elle en posant les doigts sur le clavier d'ivoire et d'ébène, l'un de mes élèves m'a demandé de lui apprendre ce morceau.

Une mélodie s'éleva, légère comme un collier d'étoiles.

Claire.

Surprenante.

Rêveuse.

– Les *Nocturnes* de Chopin, chuchota David.

– Le deuxième, en effet, fit la mère. Cela fait dix ans que je ne l'ai plus joué. C'est incroyable que tu l'aies reconnu aussi vite.

Un accent de tristesse courba un instant ses lèvres. Elle poursuivit en ralentissant le tempo du morceau :

– Avant que je me brise la colonne et que ton père rêve d'obtenir ce poste de sous-directeur, il me demandait souvent de le jouer.

Ses doigts se figèrent d'un coup. Elle ajouta :

– Aujourd'hui, les choses ont bien changé. Il n'aime plus le piano.

David fixa sa mère, dont le regard s'était tourné vers le feu.

– Tu te trompes, maman, dit-il, cette musique est trop belle et tu la joues si bien... Papa ne peut pas l'avoir oubliée. Il nous aime, tu l'as dit toi-même. Alors, joue-la, joue-la de mieux en mieux, jusqu'à ce qu'il soit attiré et qu'il vienne nous retrouver.

9

Le lendemain, au premier soupir de l'aube, David était debout.

Toute la nuit, comme une résonance aux *Nocturnes* de Chopin, il avait rêvé du chien-loup aux iris dorés et couru les bois avec lui. Entraîné par cet étrange compagnon, David s'était aventuré toujours plus loin dans la forêt. Il avait franchi les hautes collines aux torrents sauvages et aux rudes cascades. Ensemble, ils avaient découvert une vallée plantée d'arbres si moussus qu'ils semblaient se dresser là depuis l'éternité. Le loup avait alors posé les yeux sur lui avant de lui annoncer :

– C'est ton grand-père qui m'envoie, courageux petit homme. Il veille sur toi et veut que nous devenions amis.

Avant de disparaître, son regard avait brillé comme deux lacs incendiés par le soleil levant.

Le lendemain matin, David courut plus vite que jamais vers son royaume. Il croyait tellement à son rêve qu'il se sentait soulevé. Ses pieds effleuraient à peine le sol. Il aurait volontiers remonté la piste du loup afin de découvrir son repaire, mais la forêt était vaste, cela aurait pris des jours entiers.

Le petit homme préféra la confiance. Puisque son grand-père veillait sur lui, il lui suffisait de poursuivre son travail et d'attendre. Le loup viendrait à lui.

Pas à pas, le soleil se hissa au-dessus de la clairière. David, au lieu de laisser son sac par terre, l'accrocha à une branche. Les rondins d'aulne s'empilèrent au chant de la scie et de David qui musait :

La forêt a mis un « a-mi » dans ma vie,
Mi-loup, viens à moi, nous serons amis.
Tu seras mon ami chien, mon ami loup,
Tu seras mon ami-fort, mon ami-doux,
Mi-chien mi-loup.

L'impatience de David grandit avec la lumière. Les ombres, après s'être redressées, recommencèrent à s'allonger. Les incertitudes firent leur entrée, goutte à goutte, doute après doute. David s'interrogea. Reverrait-il jamais le chien-loup ? Peut-être s'était-il trompé, après tout ?

Le petit homme chassa ses idées grises en inspirant l'air tout parfumé du sourire des jonquilles. De quelques coups de hache, il débarrassa encore une longue branche de ses broutilles. Puis, desserrant les doigts, il posa doucement son outil.

Aucun bruit n'avait troublé la forêt. David tourna cependant la tête avec la certitude qu'on l'observait. Oreilles et museau dressés, le chien-loup aux yeux d'or était là, en effet.

Le petit homme sourit :

– Je t'attendais.

Il ajouta en pointant un doigt vers son sac :

– Je t'ai pris deux beaux morceaux de bacon. Ça te dit ?

L'animal cligna des paupières.

– Je m'appelle David. J'ai zéro en calcul, mais ma chambre est pleine de posters sur les arbres, les fleurs et les animaux de la forêt. Je les ai appris par cœur. J'ai aussi dans la tête tout ce que j'ai lu dans les livres. Je sais, par exemple, que chez les chiens et les loups, le chef est celui qui mange le premier. Mais je ne veux pas de chef entre nous. Alors je vais faire les parts. Le lard fumé pour toi, le sandwich aux œufs pour moi. Puis nous mangerons en même temps.

David décrocha sa besace et s'assit près d'une souche au bois clair, qui lui servait de table.

– Voilà, lança-t-il en y déposant les deux morceaux de lard fumé. Si tu les veux, ils sont pour toi.

Il déballa son sandwich et arracha au pain une première bouchée.

– Hum... fameux !

Malgré le délicieux fumet du lard qui flattait les narines, le chien-loup resta immobile.

Un chien au sang redevenu aussi sauvage aurait dû attaquer.

Quelque chose se passait en lui, quelque chose que lui-même, dans son esprit de chien, ne pouvait expliquer.

Dans une autre époque de sa vie, il avait pourtant appris à lutter contre les humains : ces créatures bipèdes et sans pitié qui, durant des années, l'avaient laissé croupir au bout d'une chaîne trop courte et trop serrée, qui l'avaient battu et mal nourri. Chaque soir, il avait hurlé sa peine. Chaque pleine lune, il avait senti frémir la part de loup qui sommeillait en lui. Jusqu'à une nuit où il faisait très froid et où il s'était révolté. Il avait mordu ses bourreaux et tiré sur sa chaîne, encore et encore jusqu'à l'user à la force de ses chairs, jusqu'à la briser et recouvrer – mot sacré pour tout être vivant – *sa liberté*.

Depuis, il vivait fier et sans entrave dans cette immense forêt. Ce n'était plus lui qui redoutait les hommes, mais les hommes qui le craignaient. Lorsqu'il en croisait un, il lisait la peur dans son regard. Il la sentait de tout son flair. Tous tremblaient quelque part au fond de leur âme. Tous ! Sauf ce garçon étrange qui avait défendu son sac la veille et qui, à présent, sans aucune odeur de peur, mastiquait son pain à dix pas de lui.

– Je mange doucement, prévint David, mais si tu ne te décides pas, j'aurai forcément fini avant toi.

Comme l'animal ne bougeait toujours pas, le petit homme prit une tranche de bacon et la lui tendit à bout de bras.

– Jamais je ne te ferai de mal. Tu entends ? Et je ne veux pas non plus jeter ta nourriture à terre. Ce serait indigne de toi. Alors, regarde, c'est tout simple : je repose cette tranche et si tu me veux pour ami, tu approches et tu la manges.

David ajouta encore en fondant son regard dans celui du chien-loup :

– Si tu acceptes, nous deviendrons des amis, des amis avec cinq M majuscules, des amis pour la vie.

Un frisson parcourut la clairière. De mémoire de forêt on n'avait jamais entendu cela. Ce frémissement passa de feuille en feuille, de branche en branche et bientôt courut de vallée en vallée. À des dizaines de kilomètres à la ronde, la forêt retint son souffle. Un tilleul, gêné par les troncs de ses congénères, se pencha un peu comme pour mieux regarder. Le vent lui-même, ce grand voyageur qui avait assisté à tant de choses, cessa de respirer.

Certains êtres rares reçoivent le don de charmer les loups. David n'était pas de ceux-là. Le chien-loup aux oreilles bordées de velours noir percevait juste que ce petit humain, ce petit d'homme, parlait sans aucune ombre de peur nichée dans la voix. Il voyait également dans ses yeux verts son amour pour la nature et tout ce qui sonne beau et vrai.

Certains arbres murmurèrent que cela ne suffirait pas : le petit d'homme allait se faire déchiqueter. Ils n'en crurent pas leurs yeux de bois et d'écorces en apercevant le chien-loup se lever, trotter jusqu'à la souche, s'emparer du jambon et, les crocs à moins d'un mètre de la joue de l'enfant, commencer à mâcher calmement.

– Chien-loup, murmura David en admirant les pattes puissantes, le fier poitrail et les flancs clairs, tu es beau comme un prince, un prince des forêts !

L'animal avala la seconde tranche et partit en trottant à travers les soupirs d'émotion du vent.

10

Deux journées s'écoulèrent, bruissant de soleil et du chant des ruisseaux. Chaque midi, comme porté par un rêve, l'animal apparaissait.

– Bonjour mon ami, disait simplement David.

Décrochant sa sacoche à provisions, il s'asseyait pour déjeuner en sa compagnie.

Le petit homme, tout en mangeant, ne cessait de discuter. Il confiait ses tracas à l'école, il parlait de son père, de sa mère, de son grand-père, de son amour des arbres et de ses espoirs secrets. Peu à peu, le loup, au lieu de repartir sitôt son repas achevé, s'attarda dans la clairière pour l'écouter et le regarder travailler. David était certain que ce chien-loup aux yeux d'or le comprenait, non pas grâce aux mots, mais par les pensées qui jaillissaient de son cœur et qui, comme des ondes, remplissaient la clairière.

Le troisième jour, David lui demanda :

– Dis-moi franchement, crois-tu, toi, que un et un font toujours deux ? Mon maître d'école n'en démord pas, mais je ne suis pas d'accord. Le résultat peut aussi bien être n'importe quoi ! Si je ramasse ces deux pierres, par exemple, et que je les frappe assez fort l'une contre l'autre... Eh bien, je n'aurai pas deux cailloux dans les mains, mais des dizaines. Si ce sont deux écureuils que je mets ensemble, au bout de quelques mois j'aurai en plus cinq petits. Et deux noisettes enfouies dans le sol deviendront, un jour, deux beaux arbres qui donneront à leur tour des milliers de fruits. Ma manière de compter est aussi juste que la sienne et, en même temps, beaucoup plus joyeuse. N'es-tu pas d'accord avec moi ?

Le petit homme eut alors l'étrange impression de recevoir à son tour une pensée du loup, une pensée qui disait dans un autre langage que celui des mots :

– Le chien-loup que je suis est de ton avis. « Un et un font deux » est une histoire triste, coupée du temps et sans grand avenir.

À la fin du dimanche après-midi, alors que le chien-loup après avoir mangé ne se décidait plus à partir, David chercha un nom pour son ami.

– Que dirais-tu de « Pirate » ? lui lança-t-il.

Le chien-loup dressa une oreille.

– Avec ton bandeau noir sur l'œil, continua le petit homme, cela t'irait plutôt bien. Ou alors Goliath. Nous reformerions un duo célèbre : tu connais David, le petit berger qui a terrassé l'affreux géant Goliath d'un seul coup de fronde ?

David secoua la tête.

– Non, je ne peux pas te donner un nom d'ennemi. Cherchons autre chose. Que dirais-tu alors de... « Miloup ». Avec un P, comme dans pirate justement. « Michien Miloup, le pirate aux yeux d'or ». Ça sonne bien, non ?

David s'immobilisa. Il regarda la fourrure de son ami, cette fourrure qu'il n'avait pas encore osé caresser et reprit :

– Si demain tu t'assieds plus près de moi, je saurai que tu acceptes que je t'appelle par ce nom-là.

Puis il observa la chaîne qui serrait le cou du chien-loup et ajouta :

– Et je te promets d'aller chercher quelque chose au village pour te débarrasser de ça.

11

À gauche, à droite, la forêt feutrée de brume semblait assoupie. L'herbe des bas-côtés brillait de mille petits yeux luisants semés par la rosée. David roulait sans bruit sur sa vieille bicyclette vers le village endormi.

D'ordinaire, le petit homme ne se risquait jamais à Goldwood en dehors des jours d'école. Il craignait trop d'y croiser les frères Marvin. Mais comme il avait fait une promesse à son ami, il s'était levé et, aux premières lueurs de l'aube, s'était mis en route.

Le brouillard est un filou qui allonge les chemins et rapetisse l'horizon. David pédala longtemps avant que la forêt s'ouvre et qu'apparaissent les premières cassines, puis les maisons. Quelques fenêtres éclairées s'impatientaient du lever du jour. David s'arrêta devant l'une des demeures et frappa. Un homme aux yeux vifs vint ouvrir. Une barbe blanche de mousse à raser habillait ses joues.

– David ? Tu es tombé du lit ou quoi ?

– Pardonnez-moi de vous déranger, M. Edwards, je suis venu vous demander de me prêter un outil.

M. Edwards était un artisan de Goldwood. David l'avait quelquefois vu travailler chez lui et avait admiré cet homme capable de réaliser tant de choses avec ses mains. M. Edwards, de son côté, l'avait trouvé si gentil et attentif qu'il lui avait offert un de ses marteaux et une boîte de gros clous pour qu'il puisse bricoler.

– Quel genre d'outils te faudrait-il ? demanda l'artisan, amusé.

– Une pince pour couper les maillons d'une chaîne en acier.

Le temps d'un passage à l'atelier, le petit homme s'en retournait vers sa forêt chérie avec un solide coupe-boulon ficelé à son porte-bagages.

De retour au chalet pour le petit-déjeuner, David découvrit sa mère au piano.

– Bonjour, maman, fit-il en approchant, tu réapprends aussi les autres *Nocturnes* ?

Mme Deans répondit par un sourire. Le petit homme s'installa dans un des fauteuils et ferma les yeux. Une nuit illuminée de chapelets d'étoiles apparut dans son esprit. Chaque note y apportait son instant de clarté.

Scintillance.
Perles qui s'envolent,
Douceur éveillée.
Constellation.

– Que tu joues bien ! soupira David.

– Oh, fit Mme Deans, cette musique est comme une vieille amie oubliée. Nous avons encore plein de choses à redécouvrir l'une de l'autre. C'est cela, le travail du vrai musicien. Il ne suffit pas d'apprivoiser la mélodie, il faut aussi se laisser apprivoiser par elle. Alors seulement, elle se libère et peut s'enfuir jusqu'au ciel. Peut-être, si j'y parviens, volera-t-elle jusqu'à ton père. Peut-être parviendra-t-elle à lui réchauffer le cœur et à le ramener ici.

David sourit à cette idée.

« Moi aussi, pensa-t-il, j'ai un ami à découvrir. »

Il déjeuna, puis sa pince sous le bras, courut vers la forêt en train de s'éveiller à une nouvelle journée.

***

Un haut soleil surplombait la clairière lorsque le chien-loup parut. David le salua, sortit de son sac à provisions deux morceaux de bacon et les posa sur la souche qui servait de table. Puis il ramassa la lourde pince posée un peu plus loin.

– Regarde, j'ai tenu ma promesse. Si tu me laisses faire...

Il manipula les manches.

– Il suffit de serrer très fort et même l'acier n'y résiste pas.

Dressant sa truffe noire, le loup fixa l'outil, renifla, puis vint s'asseoir plus près qu'il ne l'avait encore jamais fait.

– Tu acceptes donc, murmura David, que je t'appelle Miloup et que je te délivre ?

Le loup ne bougea pas.

David s'agenouilla et, lentement, tendit les doigts vers le cou de son ami. Avec délicatesse, il dégagea la chaîne enfouie dans les jarres de l'épaisse fourrure. Il plaça la pince contre une maille et, de toutes ses forces, rapprocha les manches. Son visage grimaça bientôt sous l'effort. Il eut beau pousser, l'acier ne cédait pas. David, dépité, s'arrêta tout à coup.

– Je... je n'y arrive pas.

Le vent sembla souffler pour l'encourager :

– Réfléchiiiiis, mon garçon. Réfléchiiiiis...

– Attends, j'ai une idée.

Le petit homme se rapprocha encore du loup. Il saisit la chaîne à pleines mains et la tira afin de l'engager cette fois le plus loin possible dans le bec de la pince. De nouveau, il serra aussi fort qu'il le pouvait. En vain. Il songea alors à son amitié et à son espoir de voir son ami libéré. Puis il grogna, mâchoires crispées :

– Allez !

Enfin, le métal gémit et la chaîne tomba, par terre, évanouie.

Le chien-loup bondit et se mit à courir en zigzaguant entre les arbres, si vite qu'il soulevait des feuilles mortes derrière lui.

– Tu es heureux, c'est ça ? Tellement heureux que tu fais le plein de folie ?

Le chien-loup accourut vers David et, poitrail en avant, s'immobilisa devant lui. Le petit homme comprit l'invitation et, doigts écartés, tendit le bras vers la fourrure magique.

Confiance reçue, apprivoisée.
Instant unique.
AMMMMMour, aMMMMMitié.

– À partir d'aujourd'hui, tu es libre Miloup et, pour toujours, nous sommes amis !

12

Le temps passa, doucement, comme l'oiseau bâtit son nid, branche par branche, jour après jour, et la confiance s'installa entre les deux amis. Chaque après-midi, après avoir mangé, Miloup se couchait et, le museau calé entre les pattes, regardait David. Tout en travaillant, le petit homme ne cessait de lui parler :

– Mon père est quelqu'un d'important, tu sais. Ma mère dit qu'il a dû étudier des années pour en arriver là : il dirige une entreprise. Parfois je pense que c'est plutôt l'entreprise qui le dirige, parce qu'il n'a plus jamais de temps pour lui. Un soir, je l'ai entendu annoncer à ma mère qu'il voulait nous emmener dans la grande ville où il a son bureau. Elle a refusé. Heureusement ! Nous sommes tellement bien ici. Je n'ai jamais peur. Je sais que les arbres de la forêt veillent sur nous.

À la fin de la seconde semaine de vacances, le tas de bois gris avait encore grandi. Les bûches sciées à bonne longueur, et au besoin fendues, avaient été alignées avec un soin parfait. Chacune, comme dans un grand puzzle, avait trouvé sa place : les petites, calées entre les plus grosses, les reliefs des unes emboîtés dans les creux des autres. David avait également mis en fagots les bois de taille moyenne et rassemblé les broutilles.

– Je vais couper ce peuplier-là, expliqua David à

son ami loup. Il est beau, mais il étouffe tous les autres tellement il monte haut.

Le loup leva son clair museau vers la cime.

– Ne t'inquiète pas pour lui, il ne mourra pas. Nous prendrons ses plus belles tiges et nous irons les planter dans un endroit où elles pourront partir à l'assaut du ciel sans gêner les autres. Les peupliers sont magiques. Il suffit d'enfoncer une branche dans le sol pour qu'elle prenne racine.

David se munit d'une scie. Il fit deux profondes entailles en biais et ôta un large quartier de bois blanc à l'arbre qu'il désirait coucher. Puis, changeant de position, il entama l'autre côté du tronc.

David tirait et poussait sur la poignée. À chaque va-et-vient de la lame, l'outil s'enfonçait un peu plus dans la chair humide et tendre du peuplier. Au bout d'une heure d'effort, il ne resta que quelques millimètres à couper. L'arbre, cependant, restait droit comme un i.

– Je dois m'arrêter, fit David, sinon la fente va se refermer et ma lame sera coincée.

Il retira l'outil, engagea à la place son coin le plus large et, à grands coups de masse, entreprit de l'enfoncer.

Normalement, l'arbre aurait dû verser du côté où David avait ôté un quartier de bois. Mais une rafale, comme il en vient parfois en forêt les jours de grand soleil, s'empara du feuillage.

– Hé là ! fit le petit homme en voyant le haut de l'arbre, saisi par le vent, commencer à pencher du mauvais côté.

Il se précipita sur une corde munie d'un crampon. Il la lança et tira de toutes ses forces pour retenir le peuplier.

– Miloup ! Vite ! Aide-moi !

Tandis que David s'arc-boutait, les talons plantés dans le sol, le loup saisit la corde entre ses crocs.

– Tire Miloup ! Tire !

Le vent est un géant capable de pousser les navires à travers les océans. La ramure du peuplier était pour lui comme une grande voilure. Le petit homme et le chien-loup ne firent pas le poids.

Il y eut soudain un craquement sourd et, dans un fracas de naufrage, l'arbre chavira.

David poussa un cri :

– Pas par là !

Le peuplier fouetta la terre de tout son long. Non pas du côté de la clairière, mais en plein sur la cabane où David abritait ses outils et la photo de son grand-père.

Le petit homme se prit la tête entre les mains.

– Oh, le vent ! Pourquoi tu m'as fait ça ? Si tu voulais m'aider, c'était de l'autre côté qu'il fallait pousser !

Le coupable ne souffla pas un mot d'excuse pour la cabane détruite. David, vidé par la lutte qu'il venait de mener, s'assit par terre, dépité.

Miloup semblait lui aussi navré par ce qui venait de se produire.

– Viens, murmura David, viens donc me consoler.

Le chien-loup approcha. Le petit homme, fermant les yeux, se serra contre la chaude encolure. Les mains ouvertes, comme deux larges peignes, il fit glisser la douce fourrure entre ses doigts.

– Tu es un vrai ami, soupira David ému de sentir la chaleur qui passait entre le loup et lui.

Il parvint à sourire et ajouta :

– Tu sais quoi, mon Miloup ? Nous allons la reconstruire, plus grande et plus belle, avec un endroit spécial où tu pourras dormir à l'abri. Ça te dit ?

Pour la première fois, le loup ne quitta la clairière qu'à la tombée de la nuit. Et quelques heures après être rentré chez lui, David s'endormait en rêvant qu'il vivait dans une grande maison avec son ami.

13

Le lendemain matin, David sauta de son lit bien décidé à mettre à profit ce temps libre pour reconstruire ce qui avait été détruit. À la clairière, il eut une surprise : Miloup l'attendait.

– Tu es déjà là ?

Le petit homme s'approcha pour le caresser, mais le chien-loup partit en courant.

– Eh ! Où vas-tu ?

Le chien sauvage s'arrêta, fit volte-face et commença à sautiller sur ses pattes avant.

– Qu'est-ce qui se passe ? lui demanda David, intrigué.

Chaque fois qu'il avançait, Miloup reculait.

– J'ai compris, s'exclama-t-il, tu veux que je te suive ! C'est ça ?

Le chien-loup émit un bref jappement.

– En plus tu parles, maintenant ?

En guise de réponse, Miloup prit la direction des fourrés. David sans hésiter se lança à sa poursuite.

Commença alors pour David un de ces grands voyages qui mènent aux mystères et aux lendemains inconnus.

Ruisseaux chantants.

Rochers endormis sous des couvertures moussues.

Impénétrables taillis.

Côte à côte, sans se retourner, coururent longtemps les deux amis.

Miloup ralentissait chaque fois que nécessaire afin de laisser son compagnon souffler. Jamais David ne s'était aventuré si loin dans les profondeurs de la forêt. Jamais il ne s'était senti à ce point ivre de bonheur libéré.

À plus d'une heure de course du chalet, le petit homme et son loup gravirent la crête d'une colline nue, couverte de pierres sonnantes et de thym serpolet. Ni l'un ni l'autre ne remarqua le voile de nuages furieux que le ciel tissait comme une laine sombre derrière eux.

Un grondement, au loin, secoua l'atmosphère. David tressaillit. Il connaissait la foudre pour l'avoir vue frapper à la tête de nombreux arbres près de chez lui.

– Miloup, cria-t-il, Miloup ! C'est dangereux. Il faut redescendre et s'abriter.

Le chien-loup, obstiné, continuait de monter.

– Miloup, reviens !

Le sommet, chauve, était proche. Après un instant d'hésitation, David se remit à grimper en pensant :

« Tant pis, nous descendrons par l'autre côté. »

L'orage arriva sur eux à la vitesse d'un cheval au galop. De nouveaux éclairs tendirent leurs doigts fourchus vers la terre. Les premières gouttes, énormes, tracèrent des étoiles sombres sur les pierres, une à une, comme pour donner la mesure, puis par paquets. Subitement, la pluie devint si drue qu'en quelques secondes le sol se transforma en rivière éclaboussante sous les pas.

Les deux amis franchirent la crête sous un déluge zébré de tonnerre.

Miloup s'engagea par la pente la plus raide, vers une vallée étroite et boisée qui s'ouvrait en contrebas.

L'enfant et le chien-loup, ruisselants, ne tardèrent pas à zigzaguer entre des arbres tout de lichens chevelus. Ils traversèrent une clairière où poussaient des touffes d'herbes géantes. Puis ils s'enfoncèrent de nouveau dans la forêt.

David se figea au bout d'une centaine de mètres.

À travers le rideau de pluie tendu entre les arbres, une maison venait d'apparaître... une bâtisse tellement habillée de lierre qu'on devinait à peine ses murs en rondins et son toit de pierre.

– C... c'est incroyable, fit David.

Il chercha son ami du regard, mais il avait disparu.

– Est-ce ici qu'il voulait me conduire ?

L'endroit, tout ensauvagé d'épines, semblait abandonné. Le petit homme se munit d'un bâton et se fraya un passage à travers les gouttes d'eau et les ronces.

Il n'y avait ni poignée ni serrure, seules les attaches du lierre tenaient la porte close. Les yeux de David mirent quelques secondes à s'habituer à l'obscurité.

Une table en troncs équarris, deux tabourets, une cheminée en pierre ornée d'une boîte en fer-blanc et de deux casseroles cabossées. Plusieurs fagots, une sorte de berceau en bois grossier, des tamis...

David progressa de quelques pas.

Dans un coin, soudain, se dressèrent deux oreilles pointues.

– Miloup ?

Le chien-loup était là, couché sur une paillasse éventrée. David saisit la tête de son ami à deux mains.

– C'est ici que tu voulais m'emmener ? Pour remplacer la cabane que l'arbre a écrasée hier, c'est ça ?

Il appuya son front sur celui du loup.

– Tu es le meilleur, Miloup ! Le meilleur et je t'aime !

Un frisson parcourut le dos du petit homme. Ses vêtements étaient trempés. Il commençait à prendre le froid. Il s'approcha de la cheminée en pierre.

– Si on pouvait faire du feu...

Il regarda autour de lui et vit des bûches et des brindilles sèches.

– Il ne manque que des allumettes.

David saisit un éclat de roche transparente posé sur le rebord de l'âtre.

– Une pierre à briquet ! On peut allumer du feu avec ça. L'année dernière, le remplaçant du maître a montré comme les trappeurs s'y prenaient. Il faut une sorte de mousse très sèche tirée d'un champignon. De l'amadou, je crois.

David leva les yeux sur la boîte en fer-blanc posée au-dessus de l'âtre.

– Je parie que...

Il souleva le couvercle.

– En voilà !

Il préleva un peu de cette mousse brun clair, la posa dans la cheminée et, le plus près possible, frappa la pierre à briquet. À la troisième tentative, un bouquet de minuscules étincelles fusa.

– Et maintenant, Miloup, regarde bien. Il n'y a plus qu'à appeler le feu en lui soufflant les mots qu'il préfère :

Bise d'hiver, pff

Brise de printemps, pffff

Bourrasque d'été, pffffffff

Tempête d'automne, pffffffffffffffff

L'amadou commença à fumer et à rougeoyer sous les bouffées d'air de David. Le petit homme y accola des feuilles mortes. Une flamme jaillit. David la nourrit de minuscules brindilles.

Trois belles bûches jetèrent bientôt autour d'elles de pleines poignées de lumière.

– Et voilà, fit David satisfait en s'approchant du foyer. De toute la classe, je suis le seul qui soit parvenu à le refaire.

Le petit homme s'installa devant le feu et mit son blouson à sécher sur l'un des tabourets. Dehors, l'orage grondait toujours sa colère. Seule l'épaisseur des murs étouffait ses cris. David sourit en pensant :

« Tu te rends compte, grand-père ? C'est comme dans mon rêve, j'ai un chien et une maison pour me mettre à l'abri. »

Le vent répondit en glissant sous la porte un long « vouiiiii ».

14

Longtemps les nuages dansèrent à la lueur des éclairs et le ciel frappa le toit avec ses sabots de pluie. David n'avait plus froid. Ses habits avaient séché. À la lueur du feu, il découvrit dans son repaire un crâne d'ours, une cafetière ébréchée, un couteau, une pipe en terre cuite, une bible illustrée et un fusil rouillé. L'endroit semblait abandonné depuis très longtemps.

« Qui a pu vivre là ? » s'interrogea David.

Il tendit l'oreille. L'orage était passé. On entendait un ruisseau claquer sa langue humide contre des pierres.

Le petit homme renfila sa veste et sortit. La forêt aux feuilles naissantes s'égouttait devant lui. Une brume légère s'élevait. Par instants, le soleil déposait sur le sol des nappes d'une douce clarté.

– Miloup, déclara David, je crois que nous sommes au paradis.

Le cours d'eau était tout proche. Son eau limpide creusait sa route dans une terre noire. Un mouvement sous une roche plate attira l'attention de David.

– Ça alors !

Le petit homme ôta ses chaussures et se laissa glisser dans le ruisseau. D'une main, il retourna une pierre plate, de l'autre, il saisit la créature qui s'était réfugiée en dessous.

Le chien-loup fixa avec étonnement l'étrange

bestiole à la cuirasse bronzée et aux pinces rouges que David tenait dans ses doigts.

– Une écrevisse ! Miloup, c'est plein d'énormes écrevisses !

Le petit homme se retrouva bientôt avec une douzaine de ces animaux qui gigotaient au fond de ses poches. Il rentra dans la maison abandonnée, affûta une fine branche, y embrocha les crustacés et déclara en se dirigeant vers le lit de braise qui rougeoyait dans la cheminée :

– Mon ami loup, nous allons nous régaler !

Le chien-loup tendit sa truffe brillante vers ce déjeuner improvisé. Les écrevisses, cuites à point, furent décortiquées et dévorées avec délice. Ensuite, David passa son bras au-dessus des épaules de son compagnon.

– Merci de m'avoir emmené ici.

Il repensa au repas partagé et ajouta :

– Merci à vous aussi les écrevisses de nous avoir si bien nourris.

15

Durant tout le reste de la semaine, David, au lieu de travailler dans la clairière, se rendit à la cabane. Lorsque, au bout d'une bonne heure de course, elle apparaissait enfin, il murmurait avec émotion :

– Notre repaire secret !

Et Miloup, qui passait ses nuits sur place, se précipitait à sa rencontre.

Serrant longuement son ami dans ses bras, le petit homme lui chuchotait à l'oreille des mots d'amour, puis dans la belle cheminée de pierre, il s'offrait le plaisir d'allumer un feu.

Ensemble, David et Miloup explorèrent les environs. Ils découvrirent qu'au nord dormait un étang bordé de roseaux où pêchaient des huards et des hérons bihoreaux. Plus loin, sous des chênes aux troncs épais, poussaient en pagaille des buissons aux tiges fraîches et vertes.

– Des myrtilliers, s'émerveilla David. À la saison, nous nous régalerons !

Plus en aval, le ruisseau épousait une large rivière dont le courant écumait, sauvage et rebelle. Il tourbillonnait et s'ébrouait entre d'énormes rochers devenus bossus et arrondis à force de s'agripper et de courber le dos. Quelques troncs nus d'arbres morts, coincés en travers, semblaient, par peur d'être emportés, se cramponner aux pierres. L'eau se jouait d'eux et, à grands éclats de rire, les entraînait jusqu'au bord d'un précipice où elle s'abîmait dans un grondement d'embruns et de plaisir.

Les deux amis, qui ne pouvaient franchir une aussi large rivière, observèrent longtemps cette frontière mouvante décorée par instants d'arcs-en-ciel multicolores, comme si le soleil venait y sourire.

Le petit homme aimait tellement la maison de rondins qu'il y amena ses outils et la photo de son grand-père qu'il avait sortie intacte de son ancien abri.

Chaque midi, il pêchait quelques écrevisses et les cuisait sur les braises. Le jeudi, il fit de même avec des œufs de cane trouvés dans un nid.

Le vendredi, en fin de journée, David eut une idée.

– Demain, déclara-t-il au chien-loup, viens à la clairière. Tu m'as invité dans ta maison, il est temps que je te montre à mon tour où je vis.

Le lendemain, le chien-loup fut au rendez-vous.

– Tu es malin, s'exclama David, ému d'avoir été compris par son ami.

Et, le sourire au cœur, il mena Miloup jusqu'à chez lui.

– Voilà, dit-il en traversant la cour qui menait au chalet. Ma chambre est à droite.

Des notes de piano s'échappaient à travers les murs. Les deux amis s'installèrent sous une fenêtre pour écouter.

– Ma mère est professeur de musique, tu sais, un peu comme les pinsons les plus doués qui apprennent aux jeunes à chanter.

Comme pour mieux entendre, le chien-loup baissa les paupières.

– Ce sont les *Nocturnes*. Tu aimes ?

Miloup rouvrit les yeux et David eut l'impression de lire dans son regard :

« Cet oiseau a un chant étrange, courageux petit homme, mais tu as raison, il est très joli. »

La forêt tendit l'oreille à son tour. Mme Deans offrait aux notes tellement de confiance, de douceur et de liberté que quelques vieux chênes en frémirent.

Un coup de vent dispersa soudain l'enchantement.

Le loup se dressa, aussitôt, museau tourné vers le ciel.

Un murmure s'éveillait dans le lointain.

– Papa ?

Le bruit grossit. David s'enflamma...

– C'est lui.

Il enserra Miloup à l'encolure.

– C'est mon père qui revient.

16

Le père de David avait décidé de rentrer ce samedi, sans prévenir, afin de faire une surprise à son épouse et à son fils. Il les aimait toujours. Simplement, à cause de son travail, il s'était peu à peu coupé de ses racines. Devenu sourd aux appels de son cœur, il avait oublié l'importance de l'amour.

David courut à toutes jambes jusqu'au ponton.

– Papa !

M. Deans avait craint que son fils lui en veuille d'être parti si longtemps.

– Mon grand garçon, souffla-t-il ému en le serrant dans ses bras, comment vas-tu ? Tu ne t'es pas ennuyé pendant tes vacances ?

– Oh non, papa, je me suis fait un ami.

– Un ami ?

– Mais avant de jouer avec lui, j'ai beaucoup travaillé, tu sais...

– Alors c'est très bien, fit M. Deans en pensant qu'il s'agissait de travail scolaire.

David rayonnait. Enfin, il tenait son père par la main ! D'abord, il allait lui faire écouter le chant du piano. Ensuite, il lui montrerait son travail dans la forêt. Le feu dans le cœur de son père allait se réveiller. Tout allait changer...

– Viens papa, dit-il, je voudrais que tu entendes quelque chose.

Et à grands pas, le petit homme tira son père vers le chalet d'où s'envolaient les mélodies douces et graves de Chopin. David, heureux, pensa soudain à son grand-père. Le vent, aussitôt, se mit à tourbillonner, tourbillonner si fort que même les arbres durent se pencher en avant pour ne pas être renversés.

M. Deans continua d'avancer.

C'est seulement à quelques mètres du chalet qu'il se figea d'un seul coup.

– Arrête-toi, lança-t-il en saisissant David par le bras.

Le petit homme suivit le regard de son père et aperçut les yeux d'or du chien-loup, assis à la lisière de la forêt.

– Fils, ordonna à voix basse M. Deans. File au chalet et ramène-moi mon fusil.

– Ton fusil ?

– Ne traîne pas, il risque d'attaquer...

– Mais papa, il n'y a pas de danger, c'est mon ami Miloup.

– Quoi ? Tu joues avec un chien-loup ? Mais tu es complètement inconscient ma parole ! Il n'y a pas plus dangereux que ces animaux-là !

– Miloup n'est pas méchant. Je le saurais sinon.

– Tu le saurais ? Toi qui ne sais même pas additionner un et un comme tout le monde ?! Tu vas le chasser tout de suite, tu m'entends.

– Mais pourquoi ?

– Parce que je les connais ces chiens errants au sang de loup. Les bois en étaient pleins lorsque j'étais gosse. J'ai failli plus d'une fois me faire déchiqueter par eux.

D'un geste nerveux, M. Deans remonta sa manche et montra à son fils une profonde cicatrice.

– Regarde le souvenir que m'a laissé l'un d'eux. J'ai failli perdre l'usage de mon bras. Tout ça, parce que mon père refusait de les tirer à vue. Il prétendait qu'ils avaient leur rôle dans la forêt. De la vermine, oui !

Le vent cessa ses virevoltes. M. Deans répéta, le visage durci :

– Va me chercher mon fusil.

Le piano s'était tu. La porte du chalet s'ouvrit. Mme Deans apparut dans son fauteuil :

– Bryan ? Quelle magnifique surprise ! Tu avais dit que...

– Sonia ! coupa-t-il. David a passé ses vacances à jouer avec un chien-loup sauvage. Tu étais au courant ?

– Un chien errant ? Mon Dieu, non... Il ne m'a rien dit.

M. Deans ramassa une pierre et, dans un geste rageur, la lança vers le chien-loup.

– Ouste saleté ! Fiche le camp !

L'animal esquiva, mais sans détourner les yeux.

– Tu me nargues en plus ! Saloperie ! Tu vas voir...

Le père rentra au chalet à grandes enjambées. David pressentit ce qui allait se passer.

– Miloup ! lança-t-il. Sauve-toi !

Déjà M. Deans était de retour, sa Winchester dans les mains. Il épaula et visa le chien-loup qui, toujours immobile, le fixait sans ciller.

– Sauve-toi ! hurla David épouvanté.

Paw !

La forêt entière tressaillit. Miloup, ébranlé, recula d'un pas. Si David ne s'était accroché au canon de la carabine afin de dévier le tir, la balle, au lieu de se perdre dans le sol, aurait ôté la vie de son ami.

– Tu n'as pas le droit de tuer Miloup, cria-t-il la gorge serrée. Miloup est mon ami. Il n'y a que lui et grand-père qui m'aient jamais compris. Toi, tu n'écoutes rien, tu ne me regardes jamais, tu n'es jamais là. Tu ne penses qu'à ton travail et à mes bulletins.

Autour du chalet, durant un bref instant, le lac et la forêt disparurent. Il ne resta que le petit homme face à son père, dans un décor blanc et nu.

Un étrange sourire passa sur les lèvres de M. Deans.

– Tu n'as pas de leçon à me donner, David. N'importe qui d'un peu sensé te dira que ces animaux redevenus sauvages sont dangereux. Si le shérif était au courant, il organiserait une battue pour le supprimer avant qu'il n'agresse quelqu'un. Dans ces conditions, s'il revient, je n'aurai pas d'autre solution que de l'abattre. Cet animal est un danger, je t'interdis – tu entends ? – je t'interdis de le revoir.

17

Souffle et cœur serrés.

Larmes en joue.

David s'enfuit dans sa chambre pour pleurer.

Son père était revenu, mais rien ne s'était passé comme il l'avait espéré. La musique s'était brisée. Le petit homme pensa à son grand-père. Il pensa à son ami loup. Il pensa si fort qu'un vent coulis vint lui susurrer à l'oreille que son père n'était pas mauvais. Simplement, depuis toujours, il avait peur de la forêt. C'est pour cela qu'il s'était mis en colère si fort contre le loup. C'est pour cela qu'il la fuyait. Il n'avait jamais compris que, pour les cœurs purs, la nature est comme un « re-père », un second père, une école de longue vie, une amie.

À cette idée, David se consola un peu. Il songea au vœu confié à l'étoile filante, sortit de sa chambre et quitta le chalet en déclarant d'une voix sereine :

– Papa, maman, je vais jouer dehors. Je reviens pour midi.

Son père fut tellement surpris de cette assurance sereine qu'il laissa son fils s'en aller.

La clairière rayonnait dans son habit de soleil. Les oiseaux n'avaient pas chanté en vain. Chaque matin d'hiver, ils avaient appelé la lumière. À présent, les jours rallongeaient. De chaque bourgeon, par bouquets, par poignées, des feuilles jaillissaient.

– Miloup !

Les deux amis coururent l'un vers l'autre.

– Mon Miloup... Mon père n'est pas méchant, tu

sais... c'est juste qu'il n'a jamais osé faire confiance aux esprits de la forêt.

David serra son ami plus fort que d'ordinaire.

– Il m'a interdit de te voir, mais c'est une mauvaise règle. Les mauvaises règles ne comptent pas. Et puis, il n'en saura rien. Il a trop peur de la forêt. Même avec sa Winchester, il n'osera pas y entrer.

Le petit homme posa un regard déçu sur ses tas de bois.

– J'aurais tellement aimé qu'il voie tout ça...

18

Trois bûches de cèdre se consumaient dans la vieille cheminée. Malgré l'interdiction de son père, David avait passé son dimanche dans le repaire de son ami.

– Les vacances sont finies, mon Miloup. Demain, je devrai aller à l'école. Nous ne nous verrons pas.

Du bois embrasé s'écoulait une résine claire, ourlée de flammes bleues. David laissa son regard se perdre dans ces ciels minuscules et lumineux.

– Ta cabane est loin, poursuivit-il. Je ne pourrai pas y revenir avant le week-end prochain. Tu sais, l'école, à part les cours de sciences et la gym, ce n'est pas drôle. Les frères Marvin me font des misères et me traitent sans cesse de débile. En même temps, ils menacent de me casser la figure si je les dénonce. Une fois, au cours de sport, ils ont même essayé de pisser dans mes chaussures. Je suis plus grand qu'eux, je pourrais me défendre, mais frapper quelqu'un, je trouve ça vraiment trop nul.

David flatta l'encolure de son ami.

– De mon banc, je regarderai le ciel et les arbres. Chaque fois que je les verrai à travers les carreaux, ou que j'entendrai le vent, je penserai à la forêt, à mon grand-père et à toi. Ainsi, nous serons malgré tout un peu ensemble, toi et moi.

19

– Dites, monsieur David Deans, cela vous dérangerait d'écouter un peu au lieu de regarder par la fenêtre ?

– Excusez-moi, monsieur, bredouilla le petit homme surpris par le maître, je rêvais.

Les premières journées d'école passèrent, entrecoupées de vent ivre et de folles giboulées. David aimait ces déchaînements soudains qui donnaient à la terre des airs de pâtisserie décorée de perles de sucre blanc.

Le jeudi, le ciel se vêtit d'un grand uniforme bleu. Au lieu de déjeuner au réfectoire, David se faufila par un trou du grillage qui débouchait dans un petit bois. La végétation n'y était pas aussi vive et sauvage que dans la forêt, mais les arbres y parlaient le même langage.

– Bonjour grand-père, lança le petit homme en entendant le vent saluer son passage.

Il pensa à son ami et eut soudain l'immense envie d'être déjà samedi.

David marcha jusqu'à un tronc couché auprès d'une mare remplie de nénuphars. Il terminait sa première tranche de pain lorsqu'un bruit lui fit tourner la tête. Les trois frères Marvin l'avaient suivi.

– Dis donc, le débile, lança le grand. Tu comptais aller où comme ça ?

David garda le silence.

– Réponds quand on te parle ! grogna le moyen.

– C'est un chouette coin que tu as trouvé là, observa le troisième. C'est plein de poules d'eau.

– Ce sont des foulques, corrigea David à voix basse.

– On s'en fout ! aboya le premier. Quand on va à la chasse avec notre père, on les dézingue pareil.

L'un des frères se munit d'une longue branche et commença à frapper sur l'eau pour le seul plaisir de faire du bruit et de tout abîmer.

– Trop drôle ! s'exclamèrent les deux autres en se pressant de l'imiter.

Les larges feuilles de nénuphars, l'une après l'autre, volaient en éclats. David ne put s'empêcher de crier :

– Arrêtez !

– Ho, fit le plus grand en le poussant violemment en arrière, tu ne nous parles pas comme ça ! Compris ?

Tandis que David reculait, une étrange lueur passa dans le regard des trois frères.

– Tu voudrais filer ? C'est ça ? fit le petit. C'est vrai qu'il y a pas plus bête et trouillard que toi.

Les deux autres avaient sournoisement contourné David de telle sorte qu'il se trouva coincé, dos à la mare.

– Pourquoi vous êtes méchants avec moi ? interrogea-t-il. Je ne vous ai jamais rien fait.

– Parce qu'on t'aime pas.

– Parce que t'es qu'un débile, il y a rien de bon à tirer des débiles.

– Parce que tu vas sauter dans l'eau et te rouler dans la boue. Et que si tu le fais pas, on te tabasse.

– Et ensuite si tu oses dire que c'est nous, on te tabassera une deuxième fois.

Les trois garçons avancèrent d'un pas.

– Allez saute !

– Faites pas ça, les pria David. Je ne sais pas nager !

– C'est pas profond, tu risques pas de te noyer, pauvre pomme...

Au lieu de forcer le passage et de partir en courant, le petit homme, paralysé par sa phobie de l'eau, restait figé, dos à la mare.

– Saute, on te dit !

David se mit à trembler de tout son corps. Voyant les trois frères prendre leur élan pour le pousser, il ferma les yeux.

Il les rouvrit presque aussitôt. Dans un bond prodigieux, une ombre avait surgi, une ombre qui, face aux trois frères, grognait à pleine gueule et montrait les crocs.

– Miloup !

– Un... un chien-loup, bégaya le grand. On v... va se faire égorger...

Par une nouvelle détente, le chien-loup coupa la route au moyen qui tentait de filer. David s'écarta. Le chien, de nouveau, montra les dents. Ce fut au tour des trois frères de reculer vers la mare.

– Miloup arrête-toi, fit David qui devinait ce qui allait se passer. Arrête-toi !

Mais son ami n'obéissait pas. Les trois garçons ressemblaient trop à ses anciens maîtres, puant à plein nez la méchanceté, la bêtise et la lâcheté. Il n'eut d'ailleurs qu'à aboyer pour qu'ils tombent à la renverse, ensemble, dans l'eau glacée.

Les frères Marvin réapparurent la seconde d'après, face dégoulinante et bouche grande ouverte, enlisés dans l'eau froide et vaseuse jusqu'à la taille. Le chien-loup aboya encore et le trio, hurlant de peur, s'enfuit en trébuchant à chaque pas dans les racines de nénuphars.

Encore tout tremblant, David resta immobile plusieurs secondes après que les cris des trois vauriens se furent évanouis. Il vint ensuite s'agenouiller auprès de son ami.

– Miloup, sans toi, je me serais peut-être noyé. J'ai une telle frayeur de l'eau...

Le chien-loup émit une plainte.

– Je comprends, traduisit David, tu voulais me voir... Mais tu es fou, tu n'aurais jamais dû venir au village. Les gens ne savent pas que tu n'es pas méchant. Ils pourraient te faire du mal...

David se remémora la scène qu'il venait de vivre et ajouta :

– N'empêche, tu leur as fichu une de ces trouilles aux Marvin ! Ça m'étonnerait qu'ils me cherchent encore des ennuis.

20

S'il avait existé une médaille pour les mensonges, les frères Marvin l'auraient reçue chaque année.

Sitôt revenus à l'école, grelottant de froid dans leurs habits trempés, ils avaient hurlé qu'un animal énorme, au regard féroce, dressé par David venait de les attaquer. Marvin le grand, qui s'était légèrement entaillé le mollet en traversant la mare, exhiba sa blessure boueuse en jurant qu'il s'agissait d'une morsure. Le moyen soutint *mordicus* avoir entendu claquer les cruelles mâchoires à quelques centimètres de sa joue. Le petit montra son pull « sauvagement déchiqueté ».

Lorsque David était rentré à son tour, il avait trouvé son école en plein émoi. Le directeur s'était avancé vers lui :

– Est-ce vrai ce que les Marvin racontent ? Tu étais avec un chien-loup dans le bois ?

Le petit homme, qui ne savait pas mentir, avait répondu oui.

Une heure plus tard, le bruit se répandait dans Goldwood qu'un chien-loup dressé par le fils de Bryan Deans rôdait autour du village. La bête, particulièrement agressive, avait déjà blessé trois enfants...

Marvin père, le shérif, s'engouffra avec ses hommes dans les bois. Plusieurs coups de feu furent tirés. On retrouva des traces de sang. Une balle au moins avait atteint son but. La traque dut cependant être abandonnée à cause de la nuit tombante. Elle reprendrait à l'aube, avec cette fois des chiens limiers.

Le soir même, David baissait les yeux face à son père.

– Alors ? s'impatienta ce dernier revenu en urgence de la capitale. Le directeur et le shérif m'ont appelé. Trois journalistes m'ont contacté en me demandant si j'étais bien le père du meneur de loup. Peux-tu m'expliquer ce qui se passe ?

– Les Marvin voulaient me faire du mal, murmura le petit homme. Miloup m'a défendu. C'est tout !

– Comment ça, « c'est tout » ? s'enflamma M. Deans. Tu amènes un chien-loup à deux pas de ton école. Tu lui ordonnes d'attaquer tes camarades et tu as le culot de me dire « c'est tout » !

Les cris avaient toujours effrayé David. Il se boucha les oreilles. Son père crut qu'il refusait de l'entendre et s'énerva davantage encore.

– Parce qu'en plus, tu refuses de m'écouter !?

– Miloup a juste aboyé, bredouilla David. Il est venu de lui-même au village et je ne lui ai pas dit d'attaquer. Il est loyal. Grand-père, lui au moins, me croit et il le sait.

– Arrête donc de me parler de mon père ! fit M. Deans exaspéré. Tu ne l'as même pas connu !

– Bryan, je t'en prie, intervint Mme Deans, calme-toi. David n'a jamais menti.

– Il a désobéi ! Je lui avais interdit de revoir cette bête. Qu'il file dans sa chambre avec interdiction, tu m'entends, interdiction d'en sortir !

Le petit homme fila sans un mot et, à travers la porte de sa chambre, suivit la suite de la discussion entre ses parents.

– Je ne te comprends pas, Sonia. Cette bête risque de lui arracher le visage, de l'égorger, de lui transmettre la rage et toi... tu me reproches de crier !

– Je te demandais juste de parler moins fort, Bryan. David a toujours été différent. Si tu l'aimes un peu...

– Mais c'est parce que je l'aime que je crie, parce que je tiens à lui ! C'est parce que je vous aime que je me tue au travail. D'ailleurs, j'ai bien réfléchi en volant jusqu'ici : nous allons quitter Goldwood. David n'apprend plus rien dans son école et met tout le monde en danger. Nous allons acheter un appartement et vivre dans la capitale. Là, nous le placerons dans un établissement plus adapté.

– Un appartement ? fit Mme Deans ébranlée.

Elle tourna ses yeux bruns vers son piano à queue.

– Y aura-t-il la place pour mon instrument ? Et une cheminée ? Et un endroit où laisser venir à soi l'odeur de la forêt ?

– Ça, répondit M. Deans, je suis désolé, mais en pleine ville, je ne crois pas que ce sera possible.

21

Qu'il soit celui de la semence ou de l'hiver, toute grande chose débute par un sommeil.

– Allons, petite marmotte, debout !

Il était dix heures, le lendemain, lorsque Mme Deans ouvrit la porte de la chambre de son fils.

– Bryan ! Viens vite !

– Que se passe-t-il ?

– David...

– Quoi David ?

– Il... il n'est plus là.

M. Deans rejoignit son épouse dans la pièce aux murs couverts de posters sur les arbres, les fleurs et les animaux.

– Il est peut-être caché quelque part ?

Mme Deans tourna ses yeux bruns, fragiles et clairs vers son mari.

– Il a emporté son sac et ses grosses chaussures.

D'un mouvement aussi doux que celui d'une feuille morte qui tombe vers le sol, elle abaissa les paupières. Puis elle murmura, comme si ses yeux ainsi fermés lui avaient permis de voir par-delà les collines.

– Il est parti.

– Parti ? Mais où ?

– Retrouver son ami.

22

Dans la forêt noyée de brume, des dizaines d'oiseaux, haut perchés, appelaient l'aube de toute la force de leur chant. Éveillé par leur musique, le soleil s'étira et, doucement, l'œil encore rouge de sommeil, se leva sur le lit de l'horizon. David, au sommet de la haute colline nue habillée de thym serpolet, eut l'impression que le brouillard qui couvrait la forêt s'évaporait en lumière.

La nuit régnait encore lorsqu'il avait fait un rêve. Son ami, blessé par le shérif, l'appelait au repaire. Sans hésiter, le petit homme avait enfilé ses chaussures, son manteau et, une trousse à pharmacie sous le bras, s'était enfoncé dans la forêt.

Depuis, porté par son amitié, il courait sans se retourner.

23

– David ! Da-vid !

Cela faisait longtemps que M. Deans n'avait plus mis autant de cœur dans sa voix. Son appel, hélas, mangé par le ciel et le vent, ne reçut aucune réponse. Même les arbres le boudaient.

– David, essaya-t-il encore, si tu m'entends, je t'en supplie, reviens ! C'est pour ton bien que je veux t'emmener loin d'ici. Tu m'entends ? C'est pour ton bien !

En troupeau sauvage, de sombres nuées déboulèrent de derrière les collines. Le lac s'obscurcit. M. Deans revint au chalet, le visage cinglé de rafales glacées.

Il décrocha le téléphone. Son corps entier tremblait.

– Allô ? Je voudrais parler au shérif, s'il vous plaît...

Une demi-heure plus tard, la police de Goldwood était sur place, accompagnée de volontaires avec des chiens et des fusils.

– Faites-nous confiance. Nous retrouverons votre fils. Donnez-nous seulement un habit imprégné de son odeur.

On présenta aux chiens l'un des pulls du petit homme. Les bêtes s'éparpillèrent autour de la maison. L'une d'elles se mit à aboyer. Elle avait trouvé une piste.

– On y va ! ordonna le shérif.

Il ajouta en serrant son fusil :

– Un conseil, les gars, si vous voyez ce loup enragé, tirez à vue avant qu'il ne vous fasse regretter de l'avoir suivi.

Les hommes, carabine en avant, s'engouffrèrent dans les premiers bosquets comme s'ils partaient en guerre. M. et Mme Deans échangèrent un regard inquiet.

– Bryan, je... j'ai très peur.

M. Deans scruta l'orée de la forêt où les chasseurs venaient de disparaître. Il eut le sentiment que les arbres l'observaient. C'était comme si une question flottait dans l'air. Alors quoi, semblaient se demander ces grands sages habillés d'écorce, ce père va-t-il vraiment rester là sans rien faire pour son petit ?

M. Deans s'emplit la poitrine d'air.

– Rentrons, soupira-t-il.

Au lieu de bouger, Mme Deans retint son mari par le bras et lui offrit le bois brun de son regard. Il y a bien longtemps, M. Deans était tombé amoureux de ces yeux-là. Il s'y était senti compris, aimé et, d'une certaine manière, protégé. Il sentit au fond de lui que c'était toujours le cas et ce fut comme si quelque chose se libérait en lui. La voix subitement nouée, il ajouta :

– D'accord... Trouve-moi de vieux vêtements. Je vais les accompagner.

24

La piste était fraîche. Les chiens la suivaient sans difficulté. Il leur suffisait de respirer la truffe à ras de terre.

M. Deans rejoignit le shérif au moment où hommes et bêtes, après avoir franchi la première colline, descendaient vers la parcelle héritée du grand-père. Tous, chiens compris, s'arrêtèrent en découvrant deux longues allées et une large clairière.

– Quel est le fou qui bûcheronne dans ce coin perdu ? s'étonna le shérif.

– Et pour quoi faire ? poursuivit un des volontaires. Il n'y a aucun accès pour charger le bois coupé.

M. Deans souleva la bâche qui coiffait le tas de bois. Chaque bûche avait été sciée d'équerre, pas une ne dépassait. Il n'avait jamais connu qu'un homme qui travaillait avec une telle précision.

– C'est impossible..., murmura-t-il.

– Vous ou votre épouse n'avez jamais entendu le bruit d'une tronçonneuse ? questionna le shérif.

Le père de David balaya la clairière du regard. Des noms d'arbres, des odeurs, des chants d'oiseaux, des souvenirs du temps lointain où, encore gamin, il travaillait à ce même endroit avec son père lui revinrent en mémoire. Un étrange sourire passa sur son visage.

– Les copeaux à terre sont ceux laissés par une scie, dit-il. Celui qui a fait ça n'a utilisé que la force de ses bras.

– Alors, déclara le shérif, nous avons peut-être affaire à un vagabond pas clair dans son cerveau. C'est certainement lui qui a dressé et emmené ce fichu chien-loup par ici.

M. Deans démentit d'un mouvement de tête :

– Non, c'est mon fils qui a accompli ce travail.

– Tout seul ? s'étonna le shérif. Un boulot pareil ?

– Je sais, admit M. Deans. C'est incroyable, mais ça ne peut être que lui.

25

– Miloup, mon pauvre Miloup !

David venait d'arriver à la cabane. Son ami était allongé par terre, la patte arrière noyée de sang. Il était parvenu à regagner son repaire avant de s'effondrer.

David se blottit en pleurant contre le pelage de son ami blessé.

– Tu es comme moi, on ne t'a pas compris. On ne peut pas aimer sans avoir compris.

Il ajouta en sortant de son sac la trousse à pharmacie.

– Je n'y connais pas grand-chose. Je sais juste qu'il faut retirer la balle, mais elle a dû traverser de part en part et elle n'est certainement plus là. Je vais essayer de désinfecter avec cette pommade que maman me met toujours lorsque je suis blessé.

Le petit homme fit de son mieux pour soigner et panser son ami.

– Maintenant, repose-toi. Tu as beaucoup saigné. Tu dois être fatigué.

Le chien-loup grelottait. David le couvrit de son manteau et alluma un feu. Un feu de bois mort et sec, qui brûle sans fumée ni regret.

Le chien-loup gémit.

– Ne t'inquiète pas, la forêt nous aime, elle et mon grand-père nous aideront à vivre ici.

26

La traque avait repris. Les chiens filaient si vite que les hommes devaient courir pour les suivre. La forêt, pourtant, faisait tout pour les retenir. Les ronces dressaient leurs épines. Les arbres abaissaient leurs branches et soulevaient leurs racines.

Voyant que cela ne suffisait pas, le vent décida d'intervenir. Il savait que son souffle seul ne suffirait pas à vaincre l'entêtement des hommes. Il pria les nuées de lui prêter main-forte. Elles acceptèrent, au prix d'une brassée de doux poèmes, de se jeter corps et âme vers la terre.

En quelques minutes, les frêles feuillages du printemps ployèrent sous le poids de la pluie. Le sol s'imbiba avant de ruisseler et de ruisseler encore. Les chiens ralentirent, puis s'arrêtèrent. L'air penaud, ils revinrent vers leur maître. L'odeur du petit homme, lavée par l'averse, s'était évanouie.

27

La pluie dura cinq jours et cinq nuits, une pluie en rideau et draperie que le vent tirait entre les troncs pour en épaissir les secrets.

Durant tous ces jours, M. Deans, sa Winchester à la main, parcourut seul la forêt à la recherche de son fils enfui. Il marchait au hasard en sentant que c'était sa propre enfance, son propre passé qu'il réexplorait. Il retrouvait le craquement des bois morts, la souplesse des feuilles mortes abandonnées sous ses pas.

Ses poumons respiraient le même air pur qu'autrefois, sa peau goûtait à nouveau la caresse du ciel tombant en eau sur son visage.

De vallée en vallée, de souvenir en souvenir, M. Deans sciait un à un les barreaux de sa cage invisible.

Le soir, il rentrait fourbu, les pieds trempés, mais l'âme chaque jour un peu plus libre et apaisée. Il n'en voulait plus à son père. Il n'en voulait plus à la forêt. Il comprenait le courage, et la sagesse à l'écoute de la Terre, qu'elle réclamait.

– Et si nous faisions du feu ? proposait Mme Deans.

Et c'était lui qui, à la place de son fils, enflammait une brassée de bois sec dans la cheminée.

Amour et chaleur offerts aux mains tendues.
Moments partagés devant le feu.
Retour de la lumière au fond des yeux.

– Penses-tu, Bryan, demanda un soir Mme Deans, que nous retrouverons David ?

M. Deans baissa doucement la tête.

– Je suis encore retourné à la clairière. Tu sais, là où David a joué au bûcheron. C'est vraiment incroyable la besogne qu'il a faite...

– Tu es sûr que c'est lui ?

– Certain. Je suis allé voir dans le grenier. Il a vidé le coffre où mon père avait rangé ses outils.

Le feu dansa soudain avec plus de force. M. Deans poursuivit :

– Je suis aussi allé m'asseoir dans sa chambre. Je n'y avais plus mis les pieds depuis des années... C'est toi qui lui as commandé tous ces posters d'arbres et d'oiseaux ?

– Oui.

– Est-ce David qui te les a demandés ?

– Oui.

– Tu ne m'en as jamais rien dit...

Mme Deans tendit la main jusqu'à celle de son mari.

– Je pense que si, Bryan. Seulement, tu étais tellement pris par ton travail...

Un silence vint se poser. M. Deans murmura pour ne pas l'effaroucher :

– Je te demande pardon, Sonia. Je suis pour une grande part dans ce qui est arrivé. C'est en grande partie ma faute si David a rejoint une bête qui risque à chaque instant de le blesser.

– Tu crois vraiment que ce chien-loup pourrait l'attaquer ?

– Tous les chasseurs que j'ai croisés sont de cet avis. Cette bête est aussi dangereuse qu'imprévisible. Il faudra la tuer.

M. Deans fit une pause avant d'ajouter :

– La météo annonce le retour du beau temps pour demain. Le shérif a demandé un hélicoptère. Les recherches reprendront dès l'aube. Nous allons les retrouver. J'ai confiance, tout va s'arranger.

28

Cette nuit-là, comme les précédentes, David s'était allongé sur la paillasse auprès de Miloup. Enveloppé d'une couverture, il s'était endormi contre le pelage doux et chaud de son ami blessé. Il rêvait aux cinq jours passés dans son repaire secret. Il avait pêché des écrevisses, revisité les bords de l'étang et trouvé d'autres œufs de canes. Il avait récolté des champignons qu'il connaissait, bu l'eau du ruisseau et entaillé un grand érable pour récolter du sirop sucré.

Il avait posé des collets et attrapé un lapin. Le reste du temps, il était resté à l'abri. Il avait donné à boire et à manger à Miloup qui demeurait allongé et qui, peu à peu, recouvrait son énergie. David avait aussi rangé la cabane, nettoyé le vieux fusil. Il avait parlé des heures avec la photographie de son grand-père.

– Tu penses que je manque à ma mère ?

Viouuwww, avait soufflé le vent.

– Tu penses que je manque à mon père ?

Viouuwww.

– Tu crois qu'ils me cherchent ?

Viouuuw.

– Tu veilles sur nous, n'est-ce pas grand-père ?

Viuooouuw.

David avait alors confié à son ami loup :

– Dès que tu pourras courir de nouveau, nous partirons vers le nord. Nous y construirons une cabane. Nous y vivrons en hommes des bois, loin des chasseurs et de leurs fusils.

La nuit recouvrit la forêt. Bercé par ses rêves, le petit homme n'entendit pas que le vent et la pluie, après cinq jours de lutte, commençaient à faiblir.

Lorsque, au matin, David ouvrit les yeux, un franc soleil se levait sur la forêt.

– Miloup ?

Le chien-loup était sorti. David passa en bâillant une main dans ses cheveux en pagaille. Il enfila ses chaussures et courut ouvrir la porte.

Il trouva son ami devant la cabane, la truffe dressée, les oreilles aux aguets.

– Te voilà debout ! Même si c'est sur trois pattes, c'est déjà formidable !

Quelque chose dans le comportement du loup le troubla.

– Ça ne va pas ? le questionna David.

Miloup tourna le museau vers l'aval du ruisseau. David retint sa respiration. Aucun bruit ne courait sur la forêt, pas un trille de pinson, pas un cri de héron... Ce n'était pas normal.

29

Partis à l'aube, une cinquantaine d'hommes avançaient d'un bon pas. Tandis que David dormait encore, l'hélicoptère avait déposé quelques personnes, dont M. Deans, au sommet de la haute colline au serpolet.

David, toujours à l'écoute au côté de son ami, tressaillit. Il venait d'entendre un bruit suspect.

– Un aboiement, fit-il, ça vient de la colline.

Le petit homme imagina aussitôt les hommes marchant en ligne, arme à la main. Les chiens allaient les mener à la cabane. En urgence, il fallait fuir.

– J'ai un plan, dit-il, mais il faut que tu arrives à me suivre.

En hâte, le petit homme rassembla ses vêtements éparpillés dans la cabane, les fourra dans son sac. Il passa sa plus petite hache à sa ceinture et, suivi de son ami qui boitillait sur trois pattes, s'enfuit en courant.

Au lieu de s'éloigner au plus vite, il commença par décrire un grand cercle autour de la cabane, le premier tour achevé, il en fit encore deux autres en passant aux mêmes endroits. Ce n'est qu'au troisième qu'il sauta dans le ruisseau.

– Plus vite, Miloup ! Plus vite !

À cause de sa blessure, le chien-loup peinait.

– Nous devons nous dépêcher.

Miloup, courageusement, sauta dans l'eau. Les deux amis, côte à côte, s'éloignèrent de la cabane en descendant le fil du ruisseau.

– Grâce à ce que nous venons de faire, expliqua David à son ami loup, les chiens vont tourner en rond pendant des heures. Ça nous donnera le temps de trouver un moyen de franchir la grande rivière. Malgré ma peur de l'eau, je dois y arriver. Ensuite, nous fuirons si loin vers le nord que personne ne pourra nous retrouver.

Pour le petit homme et son chien-loup, il était temps de disparaître : les hommes armés approchaient. Pendant une demi-heure, aboyant d'excitation, les chiens tournèrent en rond autour de la cabane.

– Ce gamin est décidément plus malin qu'il n'y paraît, marmonna le shérif. Je parie qu'il a joué un tour aux chiens.

Et il lança un ordre :

– Par ici les gars ! Tous au ruisseau !

30

– Ils ont compris ma ruse. Miloup ! Ils approchent de nouveau. Il faut se dépêcher.

David aurait voulu avancer plus vite, mais son ami boitait de plus en plus. Et le chien-loup était trop lourd pour qu'il puisse le porter sur son dos.

Ayant dépassé l'étang aux roseaux, ils coupèrent au court à travers les myrtilliers pour rejoindre la rivière.

Ils débouchèrent deux cents mètres en amont de la chute d'eau, à un endroit où le courant était particulièrement sauvage, et le cours d'eau, infranchissable.

– Là ! fit David.

Il tendit le bras vers l'aval, où un tronc coincé en travers formait un pont par-dessus les vagues.

– Vite !

Il courut vers la cascade, mais le chien-loup ne bougea pas. Le petit homme dut revenir sur ses pas.

– Miloup ! Qu'est-ce qu'il y a ?

Le petit homme se pencha sur la blessure de son ami et vit la plaie béante sous le pansement rougi. Il se sentit perdu. Les chasseurs n'allaient plus tarder. Sous ses yeux, ils allaient abattre Miloup.

Il regarda le ciel bleu et comprit que la pluie ne les aiderait plus.

Il épia la voix du vent, mais il ne l'entendit.

Il regarda la rivière et le tronc suspendu.

– Miloup, lança-t-il. Écoute-moi. Tu me suis jusque-là. On traverse et, une fois de l'autre côté, je coupe la racine qui le retient encore avec ma hache. Il sera emporté. Ils ne pourront plus passer et nous serons sauvés !

Cahin-caha, le chien-loup se remit à avancer. Mais lorsque les deux amis arrivèrent devant leur pont de fortune, ils virent plusieurs hommes apparaître en amont, se percher sur un rocher et épauler leur fusil.

– Non ! cria David.

Et pour protéger Miloup, il se plaça devant lui.

– Avec ma lunette de visée, déclara le shérif, je peux l'avoir.

– Vous êtes fou ! s'effraya M. Deans. David est bien trop près, vous risqueriez de le blesser !

Le petit homme réfléchit. S'il s'éloignait un seul instant de Miloup, les chasseurs ouvriraient le feu sur lui. Il n'y avait qu'un seul moyen de les en empêcher :

– Laisse-toi faire, dit-il. Je vais te porter. Ainsi, ils n'oseront pas tirer.

David s'accroupit, saisit le loup à pleins bras, se redressa et, cambré sous le poids de son ami, marcha vers l'obstacle à franchir.

La rivière se mit à gronder sous ses pieds et sa peur de l'eau le saisit. Un instant, il eut envie de tout abandonner, mais il se reprit.

– Ne crains rien, souffla-t-il à Miloup, même pour tout l'or du monde, je ne t'abandonnerais pas.

Et sur l'arbre couché, malgré sa frayeur de se noyer, le petit homme se remit à avancer.

31

Un pas, un autre, sur le tronc tendu au-dessus du torrent sauvage.

Le tronc qui tremble par instants et ploie.

Juste en dessous, la rivière en furie qui enrage.

Au-dessus, le cœur d'un petit homme qui se débat.

M. Deans courut comme il ne l'avait jamais fait.

– David, cria-t-il, tu vas tomber ! Ne fais pas ça !

Sa voix fut couverte par les querelles sourdes de l'eau contre les pierres. Son fils ne l'entendit pas.

– Il faut le rattraper, lança M. Deans au shérif qui suivait derrière avec son fusil.

Le bois à l'écorce décollée était humide. Le pied de David glissa une première fois. Il se rétablit. À la seconde, il perdit l'équilibre. Le torrent, comme un affamé, avala aussitôt ses deux victimes.

David est emporté. Sous l'eau, il se débat. Il n'a jamais su nager.

Le courant est si rapide qu'il est impossible pour M. Deans de le rattraper. Il ne peut que suivre le cours d'eau.

Le petit homme et le chien-loup apparaissent par instants bouche et gueule grandes ouvertes avant de sombrer de nouveau dans les remous.

La chute d'eau approche et hurle.

Miloup, tout à coup, ressurgit. Par le col du manteau, il a attrapé David, son ami. Il le tient à la surface à la force des crocs.

La rivière cependant les retient dans sa langue en furie. De tout son courage, malgré sa blessure, le chien-loup lutte pour rejoindre la rive. Seul, ce serait peut-être possible, mais David le gêne, le ralentit. Le chien-loup aperçoit soudain une racine tendue en travers de sa trajectoire. Il redouble d'efforts pour y mener la main de David. De justesse, le petit homme s'en saisit. Il s'écrie :

– Tiens bon, Miloup !

Le courant est trop fort. Le chien-loup est entraîné sous l'eau. Il étouffe. Malgré la cascade toute proche, il est obligé de lâcher prise.

– Miloup, non !

Les cris, hélas, n'arrêtent ni le cours de l'eau ni celui de la vie.

Et Miloup, emporté par le courant, bascule dans le vide.

32

M. Deans rejoignit rapidement son fils, l'agrippa par le poignet et le tira sur la rive.

– David !

Le petit homme ne répondit rien. Il en était incapable. Il n'avait d'ailleurs besoin d'aucun mot à cet instant pour faire le plein d'amour dans les bras de son père. Son père qui, pour le rejoindre, avait dépassé sa peur et traversé la forêt.

David se dressa, tout à coup.

– Miloup ! Il faut sauver Miloup !

Le père et le fils, accompagnés par deux autres chasseurs et le shérif, descendirent en bas de la chute d'eau par les rochers.

– Là ! fit David. Regardez, il est en train de nager !

Le chien-loup, en effet, se dirigeait vers la rive. Il parvint à y prendre pied. Au bout de quelques mètres, cependant, il tomba sur le côté.

Le petit homme se précipita.

– Miloup, mon Miloup, tu es vivant !

David se figea en apercevant une tache rouge sous son ami.

– Tu... tu saignes ?

Le chien-loup, flanc contre terre, ne parvenait plus à bouger. M. Deans s'accroupit afin de l'examiner et se figea en lui découvrant une profonde entaille à la cage thoracique.

– C'est sérieux. Une branche a dû le blesser. Il a sans doute un poumon déchiré. Je ne sais pas si...

M. Deans s'interrompit. Il avait vu ce qui s'était passé.

– Aide-moi à l'envelopper dans ma veste, déclara-t-il soudain à l'un des chasseurs. Et vous, shérif, appelez l'hélicoptère.

– L'hélico ? Pour quoi faire ?

– Amener cet animal chez le vétérinaire de Goldwood.

– Un vétérinaire pour cette maudite bête qui a failli égorger mes fils ? protesta le shérif. Vous perdez la raison ? Il n'y a qu'à l'achever, oui !

M. Deans se releva avec lenteur et répondit d'un ton sec, en fixant le shérif droit dans les yeux :

– Je crois surtout que vos enfants ont menti. Ce sont eux qui voulaient pousser David dans la mare. Le chien les a seulement effrayés pour protéger mon fils.

– Ah oui, et qu'est-ce qui vous fait dire ça ?

– Simplement que cette « maudite bête », comme vous dites, vient sous mes yeux de sauver la vie de mon fils. Alors, appelez l'hélico et oubliez un instant votre saloperie de fusil !

David colla son front contre celui de son ami.

– Tu as entendu, Miloup ? Papa t'a compris ! Accroche-toi ! Un hélicoptère va venir !

33

L'appareil mit moins de trois minutes à arriver. David et M. Deans, qui portait Miloup dans ses bras, furent admis à son bord.

Alors que l'hélicoptère s'élançait au-dessus de la forêt, David posa la tête de Miloup sur ses genoux. Il l'encouragea en le caressant entre les deux oreilles, là où le poil est le plus court et le plus doux...

– Tiens bon, tiens bon ! Dès qu'il fera nuit, je demanderai aux étoiles de te guérir. Tu vivras chez moi et tous les jours nous irons sous les arbres pour manger du bacon.

Par ses paroles et ses caresses, David offrait tellement d'amour que Miloup s'accrochait. Le petit homme utilisait aussi la force de son regard pour le tenir en éveil. Dans le corps déchiré du chien-loup, la douleur était en train de s'endormir. À travers ses yeux grands ouverts, Miloup ne vit soudain plus que le soleil. Il se souvint du chant des bouvreuils et du rire de David. Il sentit le parfum du printemps et rêva à celui des étés bleus et chauds.

Dans un dernier effort, il plongea ses yeux d'or dans ceux du petit homme devenu son ami. De fierté sans doute d'avoir été si brave et de ne rien regretter, ses iris d'or étincelèrent une dernière fois. Puis, comme une bougie soufflée d'un coup, leur éclat s'envola.

– On va atterrir Miloup, tiens bon. Miloup ? tu m'entends... Miloup !!!

34

Une croix au pied d'un arbre, l'envie de pleurer et des souvenirs plein le cœur, voilà ce que, deux jours plus tard, il restait de Miloup.

David avait choisi lui-même l'endroit où l'enterrer. Il avait creusé le trou. Puis il avait déposé son corps en terre, toujours enveloppé dans la veste de son père. Le museau tendu vers l'or, rempli de promesses, du soleil levant.

« La veste est épaisse, avait pensé David, elle te tiendra chaud pour ce dernier voyage. »

Il avait ensuite posé les yeux sur le jeune érable, dont le tronc se dressait près de la tombe.

– J'ai demandé à l'arbre de s'occuper de toi. Il te protégera de ses racines. Il transformera ton sang en bois, en feuilles et en graines... Tu monteras avec lui jusqu'au ciel et, de là-haut, tu chatouilleras le firmament et verras jusqu'à l'autre bout de la Terre.

– Son esprit galope pour toujours au pays des chasses éternelles, avait ajouté M. Deans. Tu as raison, avec un tel compagnon, je suis sûr que l'arbre deviendra grand et fort.

À présent, debout à côté de son père, David imaginait Miloup en train de courir dans une immense prairie. Ses joues devinrent humides.

M. Deans mit une main sur l'épaule de son fils et murmura d'une voix serrée :

– Il faut lui dire adieu, maintenant.

– Adieu, mon Miloup, dit David.

– Merci d'avoir sauvé mon fils, ajouta M. Deans.

David reboucha le trou tout seul. Puis, il décora la tombe d'un cercle de beaux cailloux.

35

Comme si le ciel était lui aussi en deuil, la pluie tomba plusieurs jours après la mort de Miloup. Lorsque le temps des pleurs fut passé, David emmena son père dans la clairière. Ils y travaillèrent ensemble et parlèrent sans s'arrêter. M. Deans transmit à son fils un peu de ce que son propre père lui avait appris. Et lorsque David exprima son envie de devenir bûcheron, M. Deans promit de parler de lui à un ami qui travaillait dans une scierie. Peut-être accepterait-il de le prendre comme apprenti ?

Ensuite, le petit homme poursuivit seul son travail.

Chaque fois qu'il regardait sa besace ou les broussailles, il avait l'impression que Miloup allait apparaître. L'instant d'après, il réalisait que c'était impossible. Miloup ne reviendrait jamais.

Un soir, tandis que David rentrait à la maison, il trouva son père en discussion avec sa mère. À la façon dont ses parents le regardèrent, le petit homme comprit qu'il était question de lui.

– Lave-toi les mains, je t'emmène, dit M. Deans.

– Où ? interrogea David.

– Tu verras bien. File dans le pick-up.

David frémit. L'intonation de son père venait de lui rappeler sa voix d'autrefois. Il n'osa pas poser de question.

Ils prirent la direction de Goldwood, qu'ils traversèrent de bout en bout. Sitôt sorti, au lieu de prendre la grand-route, M. Deans s'engagea dans un chemin forestier jusqu'à une maison isolée.

– Viens, dit-il.

Une vieille femme apparut sur le seuil. Elle portait un chignon blanc et un tablier fleuri. Des lunettes pendaient à son cou.

– Bonjour madame, fit M. Deans en ôtant son chapeau. Merci de nous recevoir.

Elle dévisagea David et répondit.

– J'ai bien connu ton grand-père, petit. Crois-moi, il n'y avait pas homme plus courageux que celui-là.

Son regard se perdit un instant dans ses souvenirs, puis elle ajouta :

– C'est à la cuisine, suivez-moi.

David s'interrogea. Pourquoi son père l'avait-il emmené chez cette dame ? Allait-elle lui parler de son grand-père ? Voulait-elle de l'aide pour couper du bois ?

Il franchit la porte en dernier et découvrit une chienne noire d'assez grande taille, au regard franc et au museau piqué de poils blancs. Elle était couchée tout du long dans une sorte de vieux tiroir aux bords mordillés qui faisait office de panier. La dame déplaça légèrement un tissu à carreaux posé sur ses pattes. Trois chiots au poil ras apparurent, roulés en boule, les yeux clos.

David se tourna vers son père.

– Ta mère et moi sommes d'accord, déclara M. Deans. Choisis celui que tu veux.

David fut saisi d'une grande émotion.

– Tu veux dire, souffla-t-il, que vous me faites cadeau d'un chien ?

Son père confirma.

Le petit homme contempla les chiots en ne sachant quoi dire. D'un côté c'était une magnifique surprise, de l'autre...

– Tu n'es pas content ? interrogea M. Deans.

– Si, murmura David, mais je ne sais pas si... je veux déjà oublier Miloup.

– Il ne s'agit pas de l'oublier mon gars, intervint la propriétaire de la chienne, mais de le remplacer.

David s'accroupit et, sans les toucher, regarda les trois chiots qui dormaient bienheureux contre leur mère. Pouvait-il remplacer son ami comme on le fait pour une roue usée ou un vieil habit ?

Le cœur battant, le petit homme s'empara tour à tour de chaque chiot. Il les caressa doucement jusqu'à ce que leurs paupières se soulèvent. Puis il les recouvrit avec le morceau de tissu et dit :

– Je te remercie beaucoup, Papa, et vous aussi madame, mais je ne vais en prendre aucun.

– Comment ça, s'étonna la vieille femme, il n'y en a pas un seul qui te plaît ? Même pas celui qui...

Elle se pencha et souleva de nouveau la couverture.

– Mais enfin, s'exclama-t-elle en chaussant ses lunettes. Ma vue baisse, mais je n'ai pas la berlue. Il s'est encore enfui !

Elle se rendit dans la pièce attenante. Elle y disparut un moment avant de réapparaître en serrant contre elle un quatrième chiot.

– Petit chenapan ! Incapable de tenir en place ! Continue ainsi et tu finiras vagabond.

Elle le tendit à David qui, en voyant sa face, se raidit aussitôt.

– R... regardez, balbutia-t-il. C'est incroyable !

De l'extrémité du museau à la pointe de la queue, le chiot était tout blanc à l'exception de l'œil gauche, cerné d'un large rond noir. Un de ses yeux était marron, l'autre étincelait de fins ruisseaux d'or.

– Au fait, demanda M. Deans. Avez-vous idée de qui est le père ?

– Aucune idée. C'est même à se demander... Ma Pussy ne s'éloigne jamais d'ici, et comme le premier voisin est à trois kilomètres et qu'il n'a pas de chien...

David souleva le chiot à hauteur de son visage et chuchota en riant :

– Petit pirate, aussi vrai qu'un et un ne font pas toujours deux, je sais moi qui est ton père...

Et comme le chiot frétillait de la queue, il ajouta :

– Cela te dirait de vivre chez moi ?

Épilogue

Deux jours plus tard, M. Deans demanda à son épouse d'interpréter les *Nocturnes* de Chopin.

Par la fenêtre de sa chambre,

David vit alors un jeune érable danser dans les bras du vent, et des notes, brillantes comme des étoiles filantes, rejoindre l'âme de son chien-loup dans le firmament.

Dans la même collection

La marque de l'Élue
d'Aiden Beaverson

La fille au pinceau d'or
de Marie Bertherat

La Tribu
d'Anne-Laure Bondoux

Loulette
Noé
de Claire Clément

Les aventures d'Alphonse Vaublanc
L'enfant borgne, T. 1
de Vincent Cordonnier

Par-dessus le toit
d'Audrey Couloumbis

Pour tout l'or du monde
de Jean-Marie Defossez

Les chats
de Marie-Hélène Delval

Si je reviens
de Corinne Demas

La satanormaléficassassinfernale potion du professeur Laboulette
Momo
de Michael Ende

Francie
de Karen English

Il était une fois un garçon, un troll, une princesse...
de Jean Ferris

35 kilos d'espoir
d'Anna Gavalda

Les messagères d'Allah
d'Achmy Halley

Adam, comme un conte
de Martine Laffon

Les aventuriers du Nil
de Christophe Lambert

Non Merci !
de Claudine Le Gouic-Prieto

Myriam choisie entre toutes
de Thierry Leroy

Moïse, le prince en fuite
de Julius Lester

Un chien pour la vie
de L. S. Matthews

Le Chevalier du vent
de Claude Merle

Marcia vous maquille
de Claudia Mills

Jésus, comme un roman...
de Marie-Aude Murail

L'autre visage de la vérité
de Beverley Naidoo

Méléas et le warlack
de Ian Ogilvy

Silverwing
Sunwing

Firewing
Darkwing
de Kenneth Oppel

Fils du ciel
Brise-ciel
de Kenneth Oppel

Accusée !
de Frances O'Roark Dowell

Une maison,
un jour...
de Frances O'Roark Dowell

La rançon
du pestiféré
d'Adeline Paulian-Pavageau

Les orangers
de Versailles
Parfum de meurtre
d'Annie Pietri

L'espionne
du Roi-Soleil, T. 1
Le collier de rubis, T. 2
d'Annie Pietri

Les Miroirs
du Palais
Le serment
de Domenico, T. 1
L'allée de lumière, T. 2
d'Annie Pietri

Des poissons
dans la tête
de Louis Sachar

Les ombres
de Ghadamès
Loin de Ghadamès
de Joëlle Stolz

La moitié d'un vélo
de Derek Smith

Tu es libre !
de Dominique Torrès

**Liu
et le vieux dragon,
T. 1**

**Liu
et le dragon pourpre,
T. 2**

**Liu et les dragons
sauvages, T. 3**
de Carole Wilkinson

Le prince des apparences
de Catherine Zarcate

L'expédition disparue
de Christa-Maria Zimmermann

Cet ouvrage a été mis en pages
par DV Arts Graphique à La Rochelle

Impression réalisée par

CPI
Brodard & Taupin

La Flèche

en décembre 2009
pour le compte des Éditions Bayard

Imprimé en France
Dépôt légal : décembre 2009
N° d'impression : 55862